U0087334

逆向童謠

文善
Mannshin
著

各界一值盛讚好評！

《逆向童謠》採取了古典布局（「童謠」比擬犯罪）與現代題材（疫情加上區塊鏈），讓人耳目一新；連串事件具備日常之謎的推理趣味，卻又隱隱散發山雨欲來的惶恐不安；多種文化的交雜流動激盪出衝突火花，也為故事情節帶來一次次生波轉折。文善的敘事依然充滿巧思與活力，持續拓展解謎推理小說的邊界，精采過癮！

——**【推理評論人】冬陽**

當年《逆向誘拐》開創了廿一世紀風格的犯案動機。《逆向童謠》不但延續石小儒的故事、「逆向」致敬《童謠謀殺案》，更大膽挑戰二〇二〇年代金融科技（FinTech）的寵兒——區塊鏈。最新科技既衝擊社會傳統，同時也是孕育出新型犯罪的溫床。

——**【科幻推理評論人．作家】Faker 冒業**

從《逆向誘拐》到《輝夜姬計畫》再到本作，文善從沒有停止過對新領域的挑戰，每次在她的作品中都能體驗到一種屬於本格推理的、純粹的智性娛樂，以及對世界未來的展望。不知道下次她又會將我們帶到哪裡呢？

——【作家】薛西斯

文善的拿手好戲，是結合財經知識和尖端ＩＴ科技的本格推理。《逆向童謠》是她的成名作《遙向誘拐》的續篇，女主角石小儒再次出現，動機同樣毫不單純。本作以大案包小案方式揉合區塊鏈、加密貨幣、ＵＢＩ、大麻合法化等議題，資訊量之多令人目不暇及。而這個資訊超載，對小鎮居民的衝擊也是本作主題之一。最後的「逆向」反轉比前作更宏大。總之，你不會希望石小儒在身邊出現。

——【作家】譚劍

繼《逆向誘拐》後，文善再度將古典詭計（童謠）玩出新解。輔以當今潮流技術「區塊鏈」，灌入一個個謎團裡的不僅是作者的詭計巧思，還有對現世讀者們的叩問：面對眼花撩亂的新科技，如何才是正確的生活方式？讀完本作值得深省。

——【推理作家】寵物先生

推薦序——

不到最後不知終局

（本文涉及關鍵劇情設定，建議讀完全書後再行閱讀。）

LikeCoin與DHK dao創辦人／**高重建**

文善來信，客氣地說我「看著本書出生」，應該寫序，我與有榮焉。沒料到苦思良久，想不到如何不劇透地寫出一份推理小說的序。

直至前幾天遇上區塊鏈的金融風暴。話說「算法穩定幣」UST被追擊至跟美元脫鉤，七十二小時光景，被推得最低見0.2美元，其背後支撐的LUNA，更於一週內從86美元掉到執筆之時低於1美元。資產大量蒸發的我想，嗯，就從這裡談起吧。

UST及LUNA的機制設計一直充滿爭議，有人對它趨之若鶩，也有人直指它為龐氏騙局。其創辦人Do Kwon非常自信，到處撩起火頭的性格，為項目火上加油；他一直大肆宣揚UST的願景，此刻落難，看淡者大快人心，部分仇家更落井下石。

《逆向童謠》中，石小儒提到「Fake it until you make it」，正是Do Kwon的

寫照。這句話在華人社會經常作貶義用，形容某些人吹牛，作出承諾的背後缺乏實際支撐，只是左右逢源，希望騙著騙著，能把謊言變成事實。

有趣的是，在西方文化語境，尤其是北美，這句話是褒義，帶著正能量，大意指「用念力告訴自己做得到，就真的能成事了」。如維基百科解釋：by imitating confidence, competence, and an optimistic mindset, a person can realize those qualities in their real life and achieve the results they seek.

個人 fake it 比較單純，正如維基說，是為自己打氣。我很佩服文善，總是一堆題材在排隊，每年都挑戰「新的領域×推理」題目，創作能量澎湃之餘，作息卻又無比自律，完成一部又一部佳作，不斷給讀者新鮮感。至於我，別說是一部小說，只是短短一篇序言，已經要抱著 fake it 的心態去開始，不寫到至少一半，都沒有把握能 make it。

眾人之事就不一樣，fake it 需要的是給群眾信心。有人認為這不成理由，堅決認為總之「fake」就是詐騙、就是不對。這是崇高的道德操守，但忽略了有些時候真假並非那麼客觀的簡單二分。比如：面對疫情，政府固然應該對各種資訊與數據開誠布公，這是客觀的真偽，但如果公開訊息之餘，總統對民眾說「國家一定能度過難關」，明明沒法肯定他是不是在撒謊，就變成了結果導向：如果大家抱著信念度過了難關，那就是實話；相反，他就成了騙子。

在區塊鏈的領域，Bitcoin 發明者 Satoshi Nakamoto 談到 Bitcoin 會否流通起來，也說過類似的邏輯，“If enough people think the same way, that becomes a self fulfilling prophecy.”貨幣的核心，正是需要群眾相信它。撇開立心不良，打從開始就計畫圈一筆錢跑路的項目不談，正規的密碼貨幣，要 make it，先 fake it 幾乎是個必經的過程。

事實上，我們每天在使用的臺幣，本質上也是如此。如果你認為我很誇大，你也許忘記了不久的以前，臺幣還稱為新臺幣，一九四九年才發行，那之前的舊臺幣都失效了，必須兌換成新臺幣。這種黑天鵝恐怕沒有你想像中那麼黑，稍微追溯歷史就知道，法定貨幣甚至政權的更替，偶爾就會發生，只是我們剛好活在相對和平穩定的幾十年，沒感覺到而已。

再說，一般人心目中絕對穩健的現代銀行體系，從來就沒有足夠的貨幣供應讓存戶提款。假設資金準備率為16％，只要一下子超過六分之一的存款被提取，就足以讓銀行擠兌，這件事之所以不會發生，全靠存戶相信體系不會出事。

《逆向童謠》，就像我們的生活，沒有戲劇性的密室殺人，沒有誰十惡不赦，也沒有誰大義凜然，不到最後不知終局。Fake it until you make it，我們以為是行騙高手的個別事件，原來更是生活日常；我們以為關鍵在於 fake 還是 make，原來真正的關鍵是：until。

contents

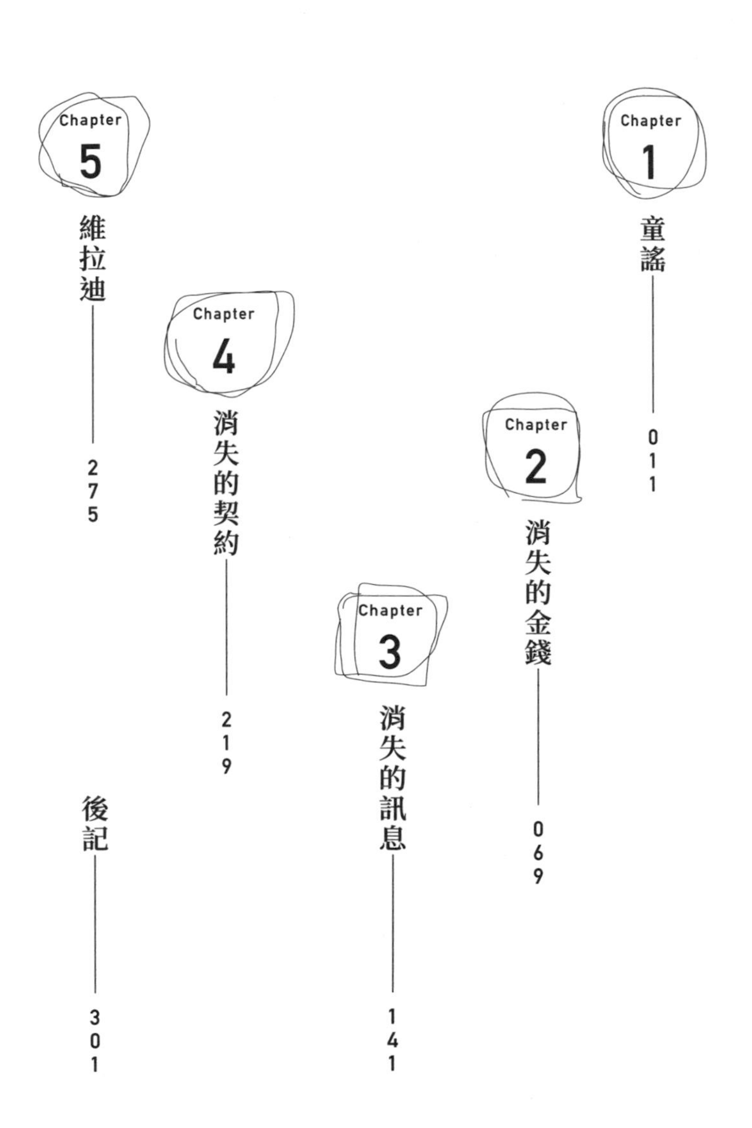

Chapter 1

童謠

諾亞看著麥可放學後一溜煙地衝出了教室。

他緊緊跟在後面免得跟丟，雖然他已猜到他要去找誰。果然，麥可來到校舍外面停單車的地方，傑克已經在等著。

午休的時候諾亞發現麥可在操場上，沒有和其他人玩，只是不停地在傳簡訊。要傳簡訊的，一定不是在學校的人，所以那只能是傑克。升上六年級後，傑克沒有再來學校，他父母安排他去一個學習小組（learning pod），用網路上 T 市私立學校的課。諾亞在電視看過，那是疫症時出現的東西，當時一些家長對公立學校重開、但每班人數沒有減少感到不安。為了減少感染風險，他們繼續為孩子選擇公立學校的網上課程，但自行組織學習小組，並請「老師」在場協助學習。疫情後一些城市裡有名的私校，發現這是擴大招生的途徑，而且小孩都習慣了長時期網上學習，不少有錢父母都轉到私校的網上校園。傑克的學習小組有五個人，另外四人是一對兄妹和一對姊妹，三、四到六年級，本來也是諾亞上的小學[1]的學生，現在他們每星期輪流在大家的家中上課，這星期傑克去那對兄妹的家上課。自從傑克沒來學校後，諾亞感到一直以來都是死黨的三人，關係好像發生了變化。

最先是傑克減少了和諾亞麥可他們膩在一起。才不過一年多前，他們三人放學後，都會騎單車到公園打棒球，開始學習小組後，傑克即使下課後都沒有來打棒球了。

「媽媽說除了小組的同學外，儘量不要接觸學校的人，怕會染病。」他說。

諾亞不明白，雖說 T 市那些大城市還是有零星的感染個案，但是 N 鎮已經很久沒有人確診了，那還怕什麼啊？

不過後來麥可開始神神秘秘地和誰傳簡訊，諾亞曾經看過麥可放學後與傑克會合。他肯定這天麥可也一定是要和傑克見面。

「啊？諾亞也要來嗎？」傑克發現了諾亞跟在麥可後面。

「諾亞？」麥可轉過頭來，眼神有點閃縮。

「你們要去哪裡呀？」諾亞為自己的單車解鎖，裝著碰巧遇到。

「麥可說來我家。」傑克跨上他的單車，和諾亞的普通小孩單車不同，傑克的單車可以轉速，外型也超帥氣。「趁我哥回來前可以打電動，《獵狼勇士》。」

「《獵狼勇士》?!」諾亞喊了出來，麥可和傑克連忙捂住他的嘴。

「你白痴啊？想給老師聽到嗎？」傑克抱怨著。「快走吧。」

在住宅區的馬路上，三人的單車一字排開地走著，已經進入秋季，很快便會開始下雪，那便不能在厚厚的積雪上騎單車了。雖然諾亞懷念三人一起放學的時

1 北美的學制「小學」(elementary school) 是一年級到八年級，八年級生等於台灣的國二；也有部分大型社區會成立「中學」(middle school)，容納七年級和八年級生；「高中」(high school) 則容納九年級到十二年級生。

光，但是他現在的思緒已經完全給《獵狼勇士》占據著。

《獵狼勇士》是近期最紅的線上遊戲，故事背景是中世紀時代，在遙遠的國度，有一個從狼發生異變而成、像是半狼半喪屍的種族。為了不讓這些狼屍擴闊版圖，各國集合了一班勇士去討伐狼屍。玩家就是勇士之一，他們可以單獨殺敵，也可以組隊，攻陷地方後，還要保護居民生活，不讓狼屍回來攻擊。

「傑克你為什麼可以買到遊戲的？」諾亞問。這遊戲的動畫水準非常高，而且畫面極盡血腥暴力，作為小學生的他們，並不可能被允許玩這個遊戲。當然越是不能玩，他們就越好奇。

「我哥買的。」傑克得意地笑著。「我答應不跟爸媽說他半夜溜出去玩的事。」諾亞記得傑克的哥哥十七歲，雖然還在念高中，好像也是在學習小組上課，但其他時間和傑克爸媽一樣常常不在家。

三人很快便到達傑克家的大宅，傑克隨手把書包擲到沙發上，手也不洗便急忙打開電視和遊戲機。遊戲機和電視在偏廳——用來打電動的客廳，電視螢幕大得讓諾亞覺得好像要被吸進去了。說是一起玩，其實只是麥可和諾亞在看傑克玩，看著傑克把狼屍的頭砍下來、把手腳斬斷，然後鮮血噴出來的景象，光在旁邊看就覺得很過癮了。

玩了一個多小時，麥可和諾亞越看越興奮，一邊看一邊加入提示傑克要怎樣做。

「左邊有一隻！」

「那裡也有！」

「我看到了啦，不要吵！」

這時傑克正在砍一隻狼屍，諾亞看到旁邊有另一隻要撲向傑克。

「小心！」諾亞下意識推了傑克的手，角色是避開了那狼屍，但傑克對諾亞突如其來的舉動反應不過來，一下子就被別的狼屍抓死了。

「你幹嘛？」傑克在吼。「我的二十連殺啊！沒有了！」

「呃，對不起……」

麥可只是呆呆地瞪大眼張著嘴，但不敢說半句。

「你以為自己很懂玩遊戲是不是？」傑克拋下手中的控制器。「在救我是不是？」

諾亞沒有說話，他也不知可以怎樣令傑克消氣。

「算了，你很想玩是不是？」傑克搭著諾亞的肩。「我們組隊吧。」

「組隊？我沒有遊戲……」

「不是啦，是在現實世界的組隊。」傑克拿起控制器，在遊戲內叫了個視窗。

「這是交誼廳，各地玩家在交換情報、閒聊等等。」

打開另一個視窗，裡面全是在建築物上塗鴉的照片。「現在玩家流行在牆上畫上自己設計的勇者圖案，不過不是一般的牆啊，要是廢棄建築物的。」傑克從書包拿出筆記本，翻到畫有一個圖案的一頁，還塞了一罐噴漆給諾亞。「這個，如果你可以幫我找個廢棄建築，噴上這個拍個照給我，明天給你玩。怎樣？」

可以玩《獵狼勇士》，這根本不用考慮吧。諾亞用手機拍了圖案的照片，那是他媽媽的舊手機，沒有流動數據只能用 WiFi 和打電話，但相機和音樂播放功能還能用。「我知道有個地方……」

這時傑克的哥哥剛回家，也表示小孩打電動時間已結束。傑克看到他哥哥外套口袋裡有包糖果，本來他想拿來吃，不過給他哥哥喝止。「不許碰我的東西！」

「傑克，」離開大宅時諾亞回頭對傑克說。「你要說話算話啊，我現在就去！」

之後一個星期，諾亞都沒有去上學。

▍

把車停好後，袁尚軒確定了地址，看到了那個老舊的門口，忍不住吐了句髒話。

進入 N 鎮範圍時，經過一家大麻店「樂川」——那是總部位於 T 市的連鎖大麻店，售賣各種休閒用大麻產品。自從休閒大麻合法後，T市的零售店如雨後春筍般出現，有如「樂川」一樣由企業經營的連鎖店，更多的是中小型的獨立經營者。因為大城市的需求已達到飽和，像「樂川」那樣的企業，都積極地向外面的城鎮拓展。袁尚軒還以為，既然「樂川」來這裡開店，應該不會太差吧。

他錯了。

來到鎮上最「熱鬧」的大街，根本和其他的小鎮無異。

剛好是午飯時間，袁尚軒看到附近有家餐廳。先吃完午餐再去報到吧，起碼心理上可以延遲一點，有一刻，他想過如果現在去報到，說不定主管會請他吃午餐。但他環顧四周，很快便打消那個念頭。除了那間家庭式餐廳外，附近好像沒有像樣的餐廳，而且他沒有說幾點到達，主管不可能有請他吃飯的準備，最重要的是……

自己是被貶來的，才不要期望他們會給自己好看，他不相信什麼小鎮人情味。

「好冷。」袁尚軒下了車，把西裝外套兩邊拉著把自己包裹起來。明明還是九月，只是離T市以北四個小時車程的這個N鎮，氣溫好像已經低了幾度。

踏進餐廳就如穿越到過去，裡面都是八十年代的裝潢，但不是故意的復古，而是真的那麼老舊，那種當年很有時代感的、現在已經泛黃的膠桌椅，有些還有裂痕。牆上貼著印著簽名的冰球隊退色海報。

誒？

店面不大，所以袁尚軒立刻留意到卡座那女孩。

有女孩當然沒有什麼好奇怪的，當然因為她長得漂亮所以吸引了袁尚軒的目光，令他驚訝的是，女孩和袁尚軒一樣是亞裔。在這種小鎮，雖然偶爾也會有亞裔家庭——特別是這幾年為了能盡快移民，不少人放棄T市這種大城市，而選擇N鎮這種歡迎外來投資的地方。但女孩穿著時尚的套裝，掛起來的外套一看便知道是名牌貨，不像是這「淳樸小鎮」的本地人。

袁尚軒坐在女孩前一個卡座，畢竟這裡不是T市的夜店，不能那麼不要臉坐在女孩那桌，雖然他也是坐在面向女孩的方向。

「要吃什麼？」服務生邊放下餐牌邊問。

「呀……可以先給我一杯健怡可樂嗎？」

服務生離開後，他不是看餐牌，而是看女孩正在吃的東西。女孩終於留意到袁尚軒的視線。

「不好意思，妳那個是什麼？」

「雞派，很好吃。」女孩笑著說。他留意到女孩說話沒有口音，應該和自己一樣是在本國長大的。黑色的短髮帶點深棕色挑染，五官非常標緻，但化妝好像有點濃，有點顯老，淡一點的妝應該會更好看。

「不好意思，我也要一個雞派……」

「賣完了。」服務生沒好氣地說。

女孩噗一聲笑出來。「對不起，看來我點了最後一個。」

「那我要西部歐姆蛋三明治吧。」袁尚軒看到女孩向他舉起拇指，比著口形說：「好選擇。」

見女孩那麼親切，袁尚軒順勢坐到她那桌。「我叫袁尚軒。」

「石小儒。」果然是華人。

「我剛調職來這裡，小儒妳是N鎮人？」

「不，我是來出差的，我公司在T市。等等，你叫袁尚軒？你不要介意我這樣問，袁子軒和你有沒有關係？」

「他是我哥哥，妳認識他？」果然，來自T市，一身這樣的打扮……

「真的！我就覺得你有點眼熟，你們兩兄弟長得真像！我和子軒是大學同學，工作上偶爾也會碰面。」石小儒遞上名片。

「哥哥的大學同學……」那表示石小儒比自己年長四年，假設她不是什麼瘋狂跳級的神童的話，而且也是自己的學姊。袁尚軒明白為什麼她會這樣化妝了，她是故意要自己看起來成熟一點，沒有化妝的話，說她是大學生也會有人相信。

他研究著石小儒的名片——和哥哥一樣有CFA的資格，馬利摩金融，袁尚軒聽過，是近年冒起的私募基金，石小儒的頭銜是副總裁。她會來這裡，難道是有什麼併購交易在進行中？

袁尚軒努力想N鎮有什麼產業。「風電場？」雖然他這樣說，但他也知應該不是，離這裡二十幾公里外的風電場去年才有一宗交易，另外的大股東已表明是長線投資的退休基金，再有交易的可能性不大。

石小儒揚一揚眉，露出有點驚奇的表情。

「啊，我是記者。」袁尚軒掏出名片。「這是舊的，新名片還沒印好。我今天第一天調職來這裡的《導航員報》。」

《導航員報》是N鎮的地區報紙，是T市全國性報紙《紅葉郵報》的子公司。

「啊，你以前是《紅葉郵報》財經版的，果然一家都和商業金融脫不了關係……《紅葉郵報》財經版？」

看著石小儒的表情，袁尚軒明白她也知道那起事件。此刻他真的想挖個洞跳進去，以為來到這種鳥不生蛋的地方，遇到可愛的女生總算是好事，怎料搭訕竟遇上哥哥的同學，而且還不是一般的女孩，果然自己的楣運還沒有完。

「你就是那個出包的記者！」

在《紅葉郵報》總編的辦公室內，袁尚軒把拳頭緊握著按在大腿上。這樣可以令自己看來不那麼坐立不安。雖然已把稿子 email 給他，但總編還是列印了出來，上面已經有微批，但他還是像是在捉蟲子那樣檢視稿件。

這是袁尚軒第一次在總編辦公室待那麼久，財經版的主管也在，以前的稿子只要財經版的主管審批過就可以刊登，但這次的稿子太爆炸性，才一路到了總編那裡。

大學金融系畢業後，袁尚軒不想像哥哥一樣進金融業當什麼金融菁英，他以前暑假曾在銀行和保險公司投資部當過實習生，覺得無聊死了，他才不想做那種工作。不過他喜歡蒐集和分析企業情報，機緣巧合下，他進了《紅葉郵報》，一開始負責協助財經版的記者做資料蒐集，因為他的金融底子，做起事來又快又好，畢竟像他學歷和履歷的，極少會願意拿低一截薪水進報館，很快財經版就讓他慢慢寫一些專題，一個月一次左右。

「你應該以分析員為目標嘛。」他哥哥說。「還不是寫差不多的報告，你知道一個初級分析員，即是連名字也不會刊出來的那種低級職員，年薪最低是多少？」

「我要當調查報導的記者，」袁尚軒知道哥哥會潑冷水。「才不要寫那種千篇一律的分析報告。」

話雖如此，但為了貼近業界，袁尚軒還是和大學的同學和以前實習認識的同事保持聯絡，有時甚至搭上哥哥的人脈，每個星期四在T市的夜店都會見到他的身影，不明就裡的人還以為他進了某家投資銀行。

一個月前，他在由某饒舌歌手經營的夜店裡，第一次聽到那個傳言。已經不記得喝了幾杯，當時他旁邊坐著的，是在某銀行商業銀行部工作的大學同學。

「喂，阿軒，你當記者，最近有沒有聽到有關『暴風科技』的消息？」同學都知道袁尚軒當記者，所以除了是他在蒐集情報外，他們也會向他打聽媒體知道的消息。

「『暴風科技』？不是那創投嗎？」為什麼在銀行工作的他會問？銀行不是一般不會涉足創投那種高風險的投資嗎？

他沒有再說下去，之後袁尚軒邀他去別的店續攤，對方欣然答應了。

釣到大魚了——袁尚軒以為。

他們來到一家墨西哥捲餅店，店非常小，但也因此幾乎所有顧客都是外帶，甚至連等也寧願在外面。坐在角落談話比想像中有隱私。那人告訴袁尚軒，他的部門正在處理「暴風科技」的借貸申請。當然不是借款那麼簡單，而是和「學童愛心基金」合作的計畫。

「『學童愛心基金』？」袁尚軒感到奇怪，「學童愛心基金」是有名的捐贈基金，以幫助國內弱勢社群的兒童為目的，很多富豪名人都是支持者。這樣的基金投資應該是保守穩健，不應該會涉足創投這樣高風險的投資。

「就是嘛。後來我打聽到，原來『學童愛心基金』裡負責資產管理的，和『暴風科技』的企業發展部主管是親戚關係。我好奇你們媒體會不會有小道消息。」

如果是真的話，那就是「學童愛心基金」的醜聞了。

「你有沒有更多證據？」

「……我試試吧，但我不是那組的。」

後來他果真弄來了暴風科技的財務報表，還有一份學童愛心基金投資暴風科技的計畫書，但是裡面完全沒有提到，這項投資違背了學童愛心基金的風險承受程度。

「這是我能拿到的極限了。」他說。「聽說如無意外，下星期就會完成交易。」

袁尚軒拿著資料，寫了一篇學童愛心基金內部管理是如何混亂，風險管理形同虛設，因為基金和企業的裙帶關係，竟然罔顧捐贈者的意願，進行高風險投資。

看了袁尚軒寫的報導，主管狐疑地看著他。「為什麼沒有問學童愛心基金的回應？」

「呃……那不會打草驚蛇嗎？」

當天下午，主管便把袁尚軒叫到總編的辦公室。

「寫得不錯。」像是捉蟲子般看完稿子後，總編抬頭問袁尚軒。「資料的來源是？」

「呃，我大學的同學。」

「可以給我看那些資料嗎？還有誰是提供消息給你的人。」

袁尚軒猶豫。作為記者，保護資料來源是基本。總編也發現了他的要求有點過分，雖然袁尚軒經驗尚淺，但他這樣問也只是出於萬全的考量，不希望有什麼差錯。

「好的，我明白了。」

「你的來源，可靠嗎？」

「很可靠的，絕對可信。我得到的資料真的都是第一手資料，我親眼看過文件，並不是由看過文件的人轉述。」

「為什麼他們沒有收到消息……」總編看著稿子唸唸有詞。

「什麼？」

「沒有……」

「相信我。」袁尚軒保證。

總編決定待學童愛心基金完成交易的同時刊登報導，順勢拿到基金的回應。

在交易預定完成那天，袁尚軒一直在位子上，一收到那同學的短訊，通知他交易完成，他便立刻上載他的報導到《紅葉郵報》的網站。

——終於有我的報導了！看著網頁上自己的名字，他終於感到自己是記者了。

不過那份感動並不長久。

正當他準備接觸學童愛心基金，希望詢問對方對報導的回應時，他看到主管從辦公室探頭出來，握著手機的他表情像是見鬼一樣面無血色。

同一時間，袁尚軒的手機也收到新聞發布——那是學童愛心基金和暴風科技的聯合發布。

學童愛心基金大方表示已入股暴風科技，但不是通過現有的基金，而是一個在學童愛心基金底下一個新的平台，一個月前幾個前創投基金創辦人，捐出一筆款項成立一個新的基金，旨在投資國內科技公司，但附帶的條件是要為弱勢社群的學生提供實習機會，讓他們在年少時已有機會接觸科技，希望給他們更公平的校外學習機會。

「越早給他們機會，他們更能知道可以有什麼選擇。」學童愛心基金發言人說。

袁尚軒打給那在銀行工作的同學，但他沒有接。

對方沒有騙他，袁尚軒得到的資料，都是真的，都真的是學童愛心基金投資暴風科技，不過他沒有給袁尚軒創投捐款和新基金的資料。他說那些是他能拿到的極限，但那是真的嗎？還是他故意不讓袁尚軒知道？

因為資料都是第一手，袁尚軒一直都是集中寫報導，並沒有想過原來還有另一個學童愛心基金平台做創投。

之後報館內亂成一團，袁尚軒一整天被拉去開不同的會議，財經版的，高層的，和法律顧問的，都被要求從頭開始講得到消息的途徑、其他消息來源、做了什麼去確定消息的真偽、和主管總編的決定，當然少不了被法律顧問翻查電腦。

最後總編親自打電話給暴風科技和學童愛心基金那邊道歉，承諾會刊出道歉啟事並修改正文。

而總編的意思是，由袁尚軒撰寫那些道歉啟事和修改正文。

第二天一早，當袁尚軒被召到總編的辦公室時，他以為是叫他去收解僱信。

「下星期開始，你去Ｎ鎮的《導航員報》。」《導航員報》是《紅葉郵報》旗下的地區報紙。

「誒？」

「怎樣？」

「呀，我以為你會解僱我。」

「任何一篇報導，沒有我首肯是不能刊出的。還是你說，我應該辭職？」

「不不不，我……」

「你有錯，我也有錯。我們錯在當知道資料的真確性後，便忽略了探究事件的全貌。《導航員報》會是個不錯的地方，去磨練一下。」

袁尚軒一直低下頭，讓總編認為他真誠認錯，但他心裡盤算著，要怎樣才能回來《紅葉郵報》。

▍

「是的，我就是那個出包的記者。」袁尚軒苦笑。

雖然有石小儒這樣一個美女一起，但袁尚軒並不能說那是一頓愉快的午餐。一起離開餐廳時，他還在想要不要在社交媒體加石小儒做好友。這時他發現大家走往同一個方向。

「不好意思我還沒說我為什麼來這裡。」石小儒笑著。「我是代表馬利摩來研究《導航員報》的營運。」

《導航員報》名副其實是地方報紙，員工就只有老總班華，另一名記者特雷爾，和一名自稱行銷主任的女孩凱拉。雖然職銜如此，但從袁尚軒的觀察，凱拉也兼顧一般行政文書秘書的工作，而特雷爾有時候也會在電話中拉廣告，老總班華則是看報，批批稿，不過像是在打發時間多於工作。

《導航員報》是週報，逢星期三出版，主要是報導過去的週末鎮上發生的事、有關鎮上的趣聞，和未來的一週鎮上的節目，例如星期五高中足球隊主場比賽，叫大家去加油等等。不過大部分是分類廣告和訃聞。

根本是地區週刊嘛，袁尚軒心裡抱怨著。不過他知道很多地區報紙也是這個情況，日報只有全國性發行才能生存，區報多變成社區通訊，有些更變成夾在廣告傳單中派發。

而石小儒，她一個人坐在班華為她安排的辦公室內，她的氣勢比班華更像老總。她說是馬利摩派她來的，袁尚軒查了一下，馬利摩旗下的私募基金擁有一點《紅葉郵報》的股權，不過不是最大股東，而且已經是很多年前，是他們早期的基金的投資。一般私募基金的投資年期是五至十年，所以馬利摩應該在積極物色買家，或是在為《紅葉郵報》進行新一輪融資，引進新投資者以退出《紅葉郵報》。大概為此便派石小儒到子公司研究營運。

馬利摩最近才完成了新基金的募資，石小儒不但不是負責新基金的投資，而且還不是去《紅葉郵報》而是來子公司，袁尚軒覺得，石小儒應該也是和自己差不多，是被下放來這裡的。

因為這天是星期四，報紙前一天才出版，報社內也不太忙，袁尚軒讀著以前的《導航員報》，想著晚上約石小儒去吃飯喝一杯。

「嗨，阿軒，你沒有事做是不是？」傍晚時班華準備離開時問。而凱拉老早就下班了。

「嗯，還在摸索《導航員報》的路線和編採方向。」

「嘿，實踐一下就可以啦。」班華轉向特雷爾。「你忙了一整天，不如叫阿軒寫市長發布會那份稿吧。」

「但是他當時不在現場……」

「你不是有錄影嗎？當時又有發新聞稿。把那些給阿軒吧，還有照片。這個很簡單的，只是市長的記者會，沒什麼特別的報導。阿軒你看完錄像和市政府發的新聞稿，寫個大概，選一、兩張照片刊登，你是《紅葉郵報》來的，這應該難不倒你。」

「沒問題，你何時要？」袁尚軒心想，才星期四，時間應該十分充裕。

「明天早上可以嗎？你完成後 email 給我吧。啊，這是給你的大門鑰匙，小儒她也有鑰匙，如果你是最後離開時鎖上門就可以，要關燈啊。」

袁尚軒還沒來得及反應，班華已離開了報社。

「那麻煩你了。資料已經在內網上，這是檔案夾的路徑。」特雷爾邊說邊把路徑寫在便條貼上，然後便收拾東西離開。看他的年紀大約四十多，應該是要回家陪孩子吧，班華是故意的。

可是也不必要我明早交稿啊，袁尚軒嘆氣，想不到在這裡第一天就要加班，還是為了那麼無聊的新聞。

班華說得對，那只是市長祖利安的新聞發布會，基本上是提醒選民他已兌現的選舉承諾，重點是爭取到電訊商為N鎮提供快速寬頻網路，和加強流動電話數據收發的訊號。本國幅員大人口少，很多像N鎮一樣的鄉下小鎮，通常都沒有寬頻網路，甚至手機收不到5G訊號。特別在疫情之後，各級政府的預算都去了醫療、補助和振興經濟。相比之下，人口大約只有五千人的N鎮也能有這程度的電訊基礎建設算是相當好。

袁尚軒嘆氣。在《紅葉郵報》，這種資料性的小篇幅報導，已經用AI撰寫軟件產出了。他看著特雷爾給他的錄影，市長祖利安．添文還算年輕，應該四十開外，絕對不到五十，而且，擁有一張不輸明星的英俊臉孔和高大挺拔的身型，說不定年輕時是模特兒。抱著八卦的心態，袁尚軒搜尋了一下祖利安。呵，原來他過世的父親也是N鎮市長，母親年輕時是N鎮選美冠軍，曾入圍本國的世界小姐選拔一百二十強。

一百二十強是什麼意思？不就是不入圍的意思嘛。袁尚軒訕笑。

祖利安高中去了T市的私立學校寄宿，P大學畢業後回來N鎮，在高中的戲劇社擔任特別顧問，一年後轉去當父親的助手直到十年前父親病逝，之後斷斷續續在一些慈善和政治活動露面，但具體工作是什麼無從知曉。兩年前以無對手姿態當選市長。

「這是什麼履歷呀？」袁尚軒也忍不住吐槽。算算時間，祖利安就讀時P大還沒升格為大學，在高中戲劇社任顧問而不是任教，即是考不上大學沒有考到教師資格，老父死後沒做過正經的工作，準是靠父親留下的信託基金生活。這樣可以選上市長，居民不是因為他老父就只是選臉。

看到天色已黑，袁尚軒很快便寫好稿子，基本上就是很直白地簡述祖利安的演說——當然把他強調是自己的「政績」部分省去。

「選一張照片吧。」袁尚軒打開存這次發布會照片的檔案夾。都是一大堆合照，發布會是在市內小學舉行，有些照片是祖利安在教室看學生怎樣用電腦學習。因為沒有預算，特雷爾兼負了攝影的責任，但始終不是專業，拍得不怎麼樣。袁尚軒懷念即使是他那麼淺的資歷，在《紅葉郵報》出去訪問都有攝影師一起，拍的照片都是專業的。

「第一天就加班？」身後突然出現一把聲音，原來是石小儒，她穿著外套拿著公事包，看來準備離開。

「啊，也差不多了，沒辦法，乏味的新聞和乏味的照片。」

「我看不是呢……」石小儒指著其中一張照片。「放大這個。」

那是發布會後，在小學體育館內的小食茶點時間，拍的是人們寒暄的照片。在照片的一邊，有個女人表情誇張得像是在罵人，她罵的對象背著鏡頭，但那身西裝應該是祖利安。

「她的表情太誇張，剛才縮小圖也能留意到。」石小儒笑著。

「妳覺得這是什麼大新聞的線索？」袁尚軒雙眼發亮，心裡已經在想著，如果能挖到大新聞，說不定可以將功補過，回去《紅葉郵報》！

第二天特雷爾一踏入報館，袁尚軒便捉著他問那女人是誰。

「那是諾亞的媽媽，賽琳。」特雷爾一眼便認出來。

特雷爾說，雖然是新聞發布會，但鎮上只有一家媒體，所以也邀請了那小學的學生家長參加充撐場面，那個諾亞就是該小學的六年級學生。

「提問時，她問了祖利安也答不上的問題。」

「有這樣的事啊？為什麼錄影沒有的？」袁尚軒不記得有看到提問環節。

「啊，那是另一個檔案，我以為沒有用所以沒傳上去……你等一下，我手機的檔案還在。」特雷爾在手機找到影片，原來在市長演講後，有差不多十分鐘的提問環節。袁尚軒在心裡吐槽，又說所有檔案已存到內網，鄉下人做事真的是。

「我想問市長，」賽琳第一個舉手。「請問政府如何保護鎮上的兒童，不會因為連上了寬頻網路，而接觸到不該接觸的東西，或是怎樣阻止別有用心的人透過網路接近傷害他們。」

賽琳看來滿年輕的，應該只有三十出頭，但影片中她很憔悴。

「呃，這個，」祖利安有點不自然，大概他沒料到會被這樣問吧。袁尚軒以為他會說那些政客的官話，什麼是學校家長的責任啦，政府會推出指引或資料協助家長在家教導孩子啦，袁尚軒以前採訪科技公司時，他們對網路安全的回應也是差不多。這種程度的回應袁尚軒也能做到。

不過。

影片裡的祖利安沒有說話。

在眾目睽睽、所有人等著他開口時，祖利安像是定格般靜止了半分鐘，在媒體的角度，半分鐘的無聲靜止可是一輩子那麼久。

「呃，我們當然覺得，網路安全是很重要的。」那就是他的回應。

因為不滿祖利安的回應，在茶點時間賽琳再找祖利安理論。

「為什麼她那麼激動啊？」袁尚軒問特雷爾。

「我也不清楚，我好像聽到諾亞媽媽說，什麼網上有壞人引誘孩子做壞事等等。」特雷爾說。「諾亞那天不在學校，好像出了什麼事。」

袁尚軒像是被按了打起精神的按鈕，他抬頭看石小儒所在的辦公室，發現她也看著他們。

午餐時間袁尚軒拉了特雷爾和石小儒一起出去，班華還調侃他：「年輕人不要玩得太高興忘了時間，不是採訪就早點回來。」而凱拉則因為沒被邀請一臉不爽。

袁尚軒向特雷爾問了賽琳的地址，本來他想看看附近有沒有快餐店，邊駕車邊吃。

「要快速取餐的話，前面超市有賣三明治和漢堡。」特雷爾提議。

果然，原來離報館只是兩分鐘腳程，就有一家大型超市「尼霍克市場」，不過不是那種全國性的連鎖店，而是在鎮上的本地商店品牌。

一踏進超市，袁尚軒和石小儒立刻感受到職員的奇異目光。

是該死的種族歧視嗎？袁尚軒看看石小儒，彷彿知道他想的是什麼，她微微搖搖頭，和自己想的一樣，不是因為他們兩人。雖說在這國家土生土長，但他們總是懂得分辨不友善的氣氛。

「科恩先生。」像是經理的胖子走過來，和特雷爾打招呼。「要通知……」

「我和同事來買午餐而已，你去忙。」特雷爾打發經理走，便轉過頭跟袁尚軒說：「我想昨天班華要你加班，你還沒機會到處走走吧，這是我家開的店，給你介紹一下而已。雖然貨品沒有T市那種大城市的超市有什麼有機巧克力、純素洋芋片，但一般生活飲食需要都有，不過我想你應該多是外食吧。呀，這裡晚上八點關門，週末五點。」

袁尚軒點點頭。「嗯，謝謝，剛好，今天晚點可以來買日用品。」

「啊！」石小儒好像發現了什麼。「尼霍克……原來如此。」尼霍克（Nehoc）就是科恩（Cohen）倒過來寫。

特雷爾說，他家從曾祖父開始經營商店，到他父親一代發展成現在的規模，現在除了超市，他們還是N鎮上主要的分銷商，例如其他商店賣的，其實都是通過他家公司進貨。「例如糖果店賣的特色糖果，我們不在超市賣，但其實和廉價糖果是同一家生產商的。」

「所以鎮上的人無論買什麼都要經過你家的公司。」石小儒咬著雞肉三明治。

「可以這樣說，雖然不是全部啦。」

「那為什麼你會在《導航員報》當記者？為什麼不繼承家業？」

「我有啊。」特雷爾滿不在意地說。

「怎麼說？」

「我大學畢業後就進爸爸公司工作，不過他想我多見見外面，但又不想我搬走，後來班華來這裡當《導航員報》的老闆，爸爸見我和他很投緣，便請班華讓我來學習。他說這樣我可以有點文人氣質。不過我還有參與公司的事，雖然不像以前那般全職在那邊。」

所以班華不讓特雷爾加班，就是知道他要處理其他公事。

「你有我的名片。」石小儒插嘴。「哪天你不想繼承家業，找我。我們可以給你提供意見。」

「班華不是本地人？」袁尚軒已有那感覺，主要是他的法文名字加上歐洲腔。

據特雷爾說，班華是七年前入主《導航員報》的。

七年前，就是石小儒工作的馬利摩旗下的私募基金，投資《紅葉郵報》的時候。得到資金後，《紅葉郵報》收購了一堆地區報紙，擴大發行版圖。那時很流行這種擴充做法，在廣告收益和成本上可以產生協同效應。不過近年地區報流通量越來越少，大報開始又再把區報賣出，或是乾脆把它們停刊。

班華並不是《導航員報》原來的老闆，當時的老闆打算把全部股權賣給《紅葉郵報》，不過鎮上居民怕國家大報《紅葉郵報》完全控制《導航員報》會影響鎮上讀者的利益，恰巧這時班華出現，買下了《導航員報》並同時和《紅葉郵報》交易，所以那時是一宗三邊交易。而原來的老闆，則退休搬到度假小鎮去了。

如果《紅葉郵報》要把《導航員報》脫手，石小儒先來研究營運，非常合理。

「小儒，」袁尚軒把石小儒拉到一邊。「班華是什麼人？妳一定知道的。」

「為什麼？」

「我覺得……我只是在這裡兩天，但……失蹤的孩子、憤怒的母親、只有臉蛋的市長、在報館當小記者的隱形富豪、還有神秘的老總，我……有不好的預感。」

「你在想什麼啊？」石小儒笑著輕推了袁尚軒一下。「你以為這是阿嘉莎．克莉絲蒂的小說？會發生連續殺人事件嗎？像是《童謠兇殺案》？」

▌

現實當然不是懸疑小說，諾亞沒有失蹤，他得了普通肺炎，因為怕是新型肺炎，所以在醫院住了幾天確認，因此缺了一星期課。

袁尚軒他們到達他家時，賽琳也在。「我跟超市請了假。」她看了看特雷爾，她是超市的員工。

「怎麼啦，你好像很失望？」石小儒白了袁尚軒一眼。

「普通肺炎不是可以讓我回去《紅葉郵報》的新聞。」袁尚軒壓低聲線。他以為是什麼事件，聽到是肺炎時還以為是疫情復發的先兆。他看了手機的追蹤程式，N鎮現時確診個案維持在零。

賽琳說，那天下班回到家，發現諾亞還沒有回來，她以為兒子一定是和麥可玩得忘了時間。因為他有手機，賽琳立刻打給他。

「但是手機沒有接通。」賽琳說。「他常常用手機玩遊戲和聽音樂，應該沒電了。」

之後賽琳到麥可家找他，可是麥可父母表示諾亞沒有來過。賽琳和丈夫商量過，決定再等一下才決定要不要報警。於是賽琳留在家，丈夫開車去附近找找。

「大約九點鐘，麥可媽媽打電話來，說我來過後兒子很不安，追問下他才說出諾亞答應了傑克去塗鴉拍照，還要去什麼廢棄建築。我和爸爸都慌了，生怕諾亞在廢棄建築發生意外……」

幸好，在十一點前，諾亞騎著單車回家了。不過他整個人很冷，像是在外面待了很久，當晚便開始發高燒，兩夫婦趕忙送兒子進醫院。

「我沒有怪傑克，他還是小孩，我是怪網路上那些奇奇怪怪的人。所以那天我便對祖利安提出質疑，網速是很快，但有誰保護孩子？顯然他們才不在乎。」

雖然不是什麼大新聞，禮貌上袁尚軒覺得還是要看一下諾亞才離開。

諾亞已經醒來坐在床上看漫畫，看起來精神不錯。

「親愛的，特雷爾叔叔和他的朋友來看你。」

「諾亞，你好，我是特雷爾叔叔的朋友尚軒，你覺得怎樣？」袁尚軒裝小孩聲線問。

「嗯，我好多了，醫生說我明天可以回校上課。謝謝。」

本來袁尚軒已準備離開，但石小儒卻坐到諾亞床沿。

「諾亞。」石小儒沒有裝小孩聲音，而是用平常的聲音和他說話。「那天發生了什麼事？媽媽說你去塗鴉。」

諾亞看了看石小儒，她微微點頭鼓勵他。

「因為傑克說要在廢棄建築塗鴉，才讓我玩電動，所以離開他家後，我騎車去了一個我知道的地方。」諾亞吞一吞口水。「那是一個空置的平房辦公室，我找了一個隱閉一點的水泥牆，畫了傑克的圖、拍好照片後，本來是準備回去的，但是這時有輛車駛進停車場。我嚇得繼續躲在建築物後面，幸好我的單車不是停在停車場，不然就會被看到了。因為那裡四周都架了鐵絲網，離開一定要經過停車場出入口。」

「我走近建築物的門口，那個人就坐在近門口的位置，我怕我一動就會被他逮到。唯有等他離開，但是等著等著那個人都沒有出來，我想打電話給麥可求救，但是手機沒電……」石小儒摟著他的肩，安慰著他。

「我等著等著覺得好冷，這時我找到水泥牆有個像是出風口的地方，那裡不斷有暖風吹出來，我便坐在那裡當是在火爐旁取暖……大約十點多，裡面那個人終於出來，待他開車離開後，我才敢騎車回家……」

石小儒輕輕撫著諾亞的肩，諾亞順勢擁著她。

小色鬼，袁尚軒向特雷爾翻了個白眼，特雷爾掩嘴而笑。

「太陽下山後，竟然在這種氣溫下，在室外呆幾個小時！只得肺炎也算是幸運了。」離開諾亞家時，石小儒說，但突然轉向特雷爾。「諾亞說的地方，你知道嗎？」

「那裡算是N鎮的外圍，平日沒有什麼人到那裡，過去二十年市政府有過好幾次想吸引投資者來N鎮，建了辦公室但又撤走的不少。要查那建築物是誰的物業，應該不難。」

回到報館，因為《導航員報》網路版是最近兩年才有，特雷爾和袁尚軒也只能用原始的方法搜尋以前的報導。

「你覺得這會是什麼大新聞嗎？」特雷爾問。「你在《紅葉郵報》時也常常做這種調查的嗎？」

「差不多，不過《紅葉郵報》已經數位化，而且二十五年前已經有網路版，只用網路搜尋也可以找到。」袁尚軒沒說的是，這明明是特雷爾挖到的材料，發布會是他去的，影片是他拍的，賽琳也是他認識的人，而他現在竟然大方地讓袁尚軒加入。不，他根本沒有發現自己的材料被攤分了。在《紅葉郵報》，絕對不會有這種情況，即使還不知會不會寫成報導，大家都把材料當性命般守著，另一方面是要保密訊息來源。班華不像是新聞人出身，特雷爾也不像有受過相關訓練。

袁尚軒決定了，如果真的挖到什麼，他會毫不客氣地利用它走上回《紅葉郵報》的路，反正特雷爾家有大生意，他也不在乎記者的工作。

不過還是特雷爾先找到了五年前的報導，用這方法袁尚軒當然不比他快。

「昆恩特斯？」袁尚軒有點驚訝，沒想到在這鄉下地方會聽到這名字。

昆恩特斯是國內數一數二的科技公司，本來是一間研發通訊設備軟件的小型公司，之後開發結合連接家居設備的通訊系統，後來更收購了手機生產商夫路茲，成功把家居生活通訊系統和旗下手機整合，躋身為國際大企業。昆恩特斯基本上是和本國企業神話畫上等號。

不過幾年前，昆恩特斯差點陷入危機。

當年他們大力研發虛擬平台ＣＨＯＫ（Continuous Harmonization of Kinetics），

不只進度出現延誤，原來的機構投資者放棄繼續注資，因此要進行新一輪融資來繼續支持研發。後來得到大型對沖基金支持。不過ＣＨＯＫ的規模被縮減，本來裡面提供的「獎賞」K Points被擱置，ＣＨＯＫ變成一種單純擴增實境ＡＲ（Augmented Reality），例如使用者經過某餐廳，ＣＨＯＫ會顯示該餐廳的資料優惠等等，使用者也可以寫美食評論，簡單來說是一個討論區加廣告版。

當年袁尚軒剛畢業進了《紅葉郵報》，還只是在當打雜般的資料蒐集員。他記得曾經幫一名財經記者找了很多昆恩特斯的資料，還有做了很多財務分析，當時他們都覺得，昆恩特斯的財政並不如表面那樣穩健。在那記者打算繼續調查時，昆恩特斯就公布了新一輪融資計畫。當時袁尚軒在「Ｔ市金融街電梯熱話」的推特看到很多傳言，不過都不是能寫成報導的，《紅葉郵報》嚴禁單純引用社交平台的東西寫成報導。

昆恩特斯並不是通訊商，理論上Ｎ鎮的寬頻基礎建設和它無關的。

「這裡說，昆恩特斯在那裡建了個數據中心，為了好好利用Ｎ鎮寒冷乾燥的氣候。」特雷爾推一推眼鏡。「嗯，原來是數據中心。當年不是很流行嗎？說因為數據中心會發出很大的熱力，Facebook和Google都有在嚴寒地區設立數據中心，利用寒冷的空氣降低室內溫度，減低散熱的開支。原來昆恩特斯當年都趕流行……」

「你也很清楚嘛。」

「怎麼？開超市賣菜的不能懂科技嗎？我可是 CHOK 的使用者，你不要小看鄉下人，其實鎮上不少居民都在 CHOK 有帳號。」

「沒有沒有，你不要那麼敏感。」袁尚軒連忙陪罪。「但後來為什麼會被荒廢的呢？」

「那是一時流行吧。後來一些研究也指出，其實數據中心內的溫度不一定需要低於攝氏十八度，當時是疫情前，在這種鄉下，很難找到願意搬來這裡的技術人才，而且還要肩負其他基礎建設，大概這就是當年市政府打的如意算盤，給昆恩特斯土地建數據中心，讓他們建設網路。不過算盤打不響，也沒有聽說有啟用過。」

五年前昆恩特斯的 CHOK 還在研發中，當時為了支援 K Points 大概需要大量運算能力，會有計畫建數據中心也不足為奇。不過當 K Points 被擱置，還有特雷爾說到的其他原因，數據中心也就成了被廢棄的建築物。

「原來是數據中心。」石小儒又不知何時出現在袁尚軒的身後。

「對啊，還要是昆恩特斯。」袁尚軒轉過身，把手肘擱在椅背盯著石小儒。

昨晚他在 LinkedIn 看了石小儒的資料，畢業後她就進了投資銀行 A&B，幹了幾年後跳槽到馬利摩。履歷上，在 A&B 時期，她負責「跨國電訊科技公司的融資計畫」，應該就是昆恩特斯。

「呵，真有趣。」石小儒笑著。「不過我的問題是，應該是荒廢了的數據中心，為什麼會有人進去那裡？」

▌

被石小儒一言驚醒，袁尚軒才發現自己一開始就走錯方向。他本來想，專題報導的方向是兒童網路安全，怎樣導致孩子在現實世界受到傷害，企業的責任為何等等……

不過石小儒卻不斷提出不合理的事。就如袁尚軒看到毛衣有條外露的毛線，而石小儒會去扯那條毛線，看看是什麼，然後在毛衣弄了個大洞。

袁尚軒感到，說不定石小儒可以幫他挖到足以讓他回去《紅葉郵報》的大新聞。

難怪從來沒有從哥哥那裡聽過石小儒這個人。雖然袁尚軒的哥哥還有和大學的同學聯絡，他也認識當中不少人，但他從沒聽過哥哥提過石小儒。現在他明白了，石小儒比自己哥哥聰明多了，以他哥哥那種爛人性格，才不會和比自己優勝太多的人走在一起。

「啊，你們要知道昆恩特斯是不是要回來N鎮？」特雷爾說。「那容易嘛，我問一下索妮亞就可以了。」

「索妮亞是……」

「昆恩特斯創新部的索妮亞．史丹利？」看來石小儒即使離開了A&B，但對昆恩特斯仍很了解。

「對呀，她是N鎮人。我們從小就認識，小學高中都是同學。」說著特雷爾拿出手機準備撥號。

「你瘋了嗎？」袁尚軒阻止他。「有沒有人教過你怎樣挖新聞的？即使沒有，你也看過那些獨家新聞的做法吧！現在太早了，我們還不知道昆恩特斯的意圖，先調查多一點，摸清底細，再一舉問他們要回應，那樣就可能得到獨家，或是以交換條件，得到獨家訪問或是其他材料！」

「這樣啊……」特雷爾恍然大悟。雖然這方面他有點笨，不過以他的人脈，需要他時會很派上用場——袁尚軒盤算著。

「真有趣。」石小儒又這樣說，好像是她的口頭禪，然後她把臉湊到袁尚軒和特雷爾中間，並壓低聲音。「不如這樣，傍晚我完成工作後，讓我也加入一起調查可以嗎？好像很好玩。」

不過他們的調查很快便遇到瓶頸，石小儒不知哪來的時間，竟然在第二天便看了昆恩特斯過去兩年的年報和新聞發布，但都沒有發現任何和N鎮有關的線索。

另外就是當天出現在數據中心的那個人。諾亞說他不是鎮上的人，不過他也不能很仔細地描述那個人的外貌，甚至也說不出那個人開的是什麼車。他們有再回到那數據中心，發現那不但已經在運作，有幾輛車停在停車場，而且還安裝了監視器。諾亞記得，他去的那天是沒有監視器的，不然他也不敢進去。

也就是說，那天後，本來被荒廢的數據中心，因為某種計畫又再開始運作。不過因為那附近都是空地，沒有能盯梢的地方。

「大概規模還不大，所以昆恩特斯並不需要在報表披露任何細節。」石小儒說。

「會不會是CHOK？」袁尚軒提出。「特雷爾你家的超市有什麼動靜嗎？」

他一愣。「為什麼這樣問？」

「畢竟N鎮已經有CHOK需要的流動網路，」袁尚軒邊轉著筆桿邊說著。「CHOK現在說穿了是個廣告推廣平台，是商家付廣告費給昆恩特斯。如果他們要落戶N鎮，和你們家簽定合約，不是很合理嗎？畢竟你們家是這裡最大的超市和分銷商。」

特雷爾想說什麼時，他的手機響起。「賽琳？」

看到他的表情，袁尚軒和石小儒很快便察覺不妥。

▍

賽琳把袋裝的義大利麵整齊地排在貨架上，並小心翼翼地整理好，確保沒有一包突出來，她也懷疑自己得了強迫症。

都是之前的疫情害的。

全國各地爆發的疫症，讓差不多所有經濟活動停頓，賽琳原本工作的公司也倒閉了，整個鎮彷彿只有科恩家的超市倖存下來，賽琳也順理成章地進了超市工作。諾亞已經六年級，放學後也會和麥可去玩，賽琳也可以工作長一點時間，老科恩很體恤她，讓她的班都是早上開店到下午五點。當時她也有點擔心讓諾亞回學校，但他們一家實在花不起錢讓諾亞去那些學習小組。

疫情的時候她一天洗手幾十次，不論是用水或是酒精洗手液。她覺得那之後她就有點強迫症，她開始固執地把家裡的東西排好，不能放歪一分一毫。

該死的，有人把 penne 和 rigatoni 放在一起了。Penne 比 rigatoni 小，不看清楚的話很容易弄錯。

不過今天早上明明把它們放好的，賽琳疑惑著。放好後她發現每種義大利麵的數量也沒有少，準是有客人拿了又決定不買而放下，然後放錯位置了。

最近好像常常發生這種事，日常主食，例如麵包、餅乾、罐頭等被放錯架子。特別是那些放在最高和最低的那層架子的，看起來就像是有人拿起來看然後隨手放回最方便的位置。當賽琳把貨品放回原位後，又不覺得有人買過那些東西。

究竟是什麼無聊的人，把貨架上的東西弄得亂七八糟？

賽琳整理貨架時，旁邊有個少年人，他穿著寬鬆的冰球隊上衣，下身是鬆得快要掉下來的牛仔褲，他背著背包，手裡握著手機，並沒有購物籃或購物袋。他拿起一盒家庭裝的「超健康玉米片」，不過不像是要買，他只是盯著玉米片的盒子看。

賽琳繼續裝著整理貨物，但眼角仍是盯著那少年。

她認得那少年是鎮上的高中生，這個時間，學校都剛放學。她知道少年在等她走開，但看這個少年，要偷竊的話選玉米片有點怪，他這個年紀要偷也偷巧克力棒，或是能量飲料吧？那些東西比盒裝玉米片小很多，輕易就可以藏在口袋中，而且也比玉米片貴。

賽琳無聲無息地走到隔行，但她悄悄地探頭出來，觀察著少年的一舉一動。

果然，看到賽琳離開後，少年拿起手機，飛快地拍下每種玉米片的價錢、容量、營養標籤等。在拍完最底層那些貨品後，他隨手把那些盒子放到中間那層。

之後幾天，賽琳也留意到有其他高中生模樣的少年，在超市內做同樣的事，有的是拍蔬果的價錢，有些拍牛奶、奶油等奶類貨品，有些拍各種肉類。

那是什麼？高中的功課嗎？

不過賽琳很快便打消那念頭，因為她有天看到有主婦也在幹同樣的事。

商業間諜？替別家超市打探我們的價錢？不過這是N鎮唯一的超市，哪有對手？而且老闆秉承了從他們祖父傳下來的營商理念，貨品的價錢一直都很公道。所以雖然是獨市生意，但從沒有出現過問題。因為N鎮人口太少，那些「大盒子連鎖商店」都不願來開店。

為貨品拍照並不是犯罪，即使逮住他們，他們可以說是拍照來給朋友參考。所以賽琳也沒有做什麼，只是常常要把貨品再整理非常麻煩。

直到那天。

諾亞第一天回校上課，這天下課後他來超市找賽琳，剛巧是她的休息時間，便買了盒巧克力牛奶給他，兩個人就坐在超市外的長椅上。

「今天有沒有不舒服？」

「沒有，我都好了嘛。」諾亞笑著。看到兒子健康的笑容，賽琳就滿足了。

「學校怎樣？為什麼沒有和麥可去玩？」

「他和傑克好像被罵了，都不再理我。」

「哦，親愛的。」賽琳摟著兒子。「沒事的，他們只是一時不理解，等一陣子你再找他們玩吧。」

「如果他們一直不和我玩呢？」

「到時你就會有新的朋友，如果麥可和傑克不理解你，那他們就是看不到你是個多善良的男孩啊！那你就要把你的善良花在能理解你的朋友身上。」賽琳不知道這樣說對不對，但也許兒子要學習處理複雜的人際關係了。「不過你要知道，媽媽一定和你一起。」

忽然，賽琳感到懷中的兒子倒抽一口涼氣。

「親愛的，怎麼了？是哪裡不舒服？」

諾亞沒有說話，他只是盯著前面的馬路。不，是停在路邊那車子。

那是一輛深藍色的歐洲車，有個男人倚在車旁邊喝咖啡一邊拿著平板電腦，一名主婦站在他旁邊，拿著手機比對著男人手中的平板。

賽琳認得那主婦，她剛才也在超市內拍罐頭的照片。

「是……他。」諾亞說。

「什麼？」

「那天……出現在停車場的人，就是那個男人。」

聽到兒子說那就是那天的男人，賽琳想起那天特雷爾來探望諾亞，好像也問了那個人的事，如果他在報館的話，兩分鐘就可以過來，於是她便立刻打電話給他。

當特雷爾他們從報館趕到時，那男的已經離開了。

「你確定是同一個人？」特雷爾蹲下來問諾亞。

諾亞用力地點點頭。

「妳有機會記下車牌嗎？」袁尚軒問賽琳。

「不用從車牌查啦。」賽琳雙手交叉胸前。「他就站在那裡，他的臉我看得清清楚楚，那是亞伯倫。」

袁尚軒和石小儒對望一眼，再看著特雷爾。「亞伯倫是鎮上的人，不過他出去上大學之後就沒有再回來過。」特雷爾說。

「還有，」賽琳告訴特雷爾，最近常常有人在超市拍照的事，和也有拍照的主婦與亞伯倫不知在談什麼。「那個女人我認得，是戴臣太太。」

戴臣太太五十多歲，只有她和丈夫住的家不大，袁尚軒他們登門時，她丈夫還在上班不在家，她很熱情地給他們泡咖啡。聽特雷爾說，戴臣先生在離Ｎ鎮一小時車程的玩具廠當會計，疫情時幸好保住了工作不過被減薪，戴臣太太則一直是家庭主婦。

「戴臣太太。」特雷爾親切地問。「有人告訴我妳在超市拍貨品的價錢，不要誤會，妳這樣做沒有問題，我只是好奇為什麼妳要這樣做。」

「祖利安找我們做的。」

「市長？」袁尚軒有點驚訝，他以為是賽琳看到的那個亞伯倫指使的。

「呵呵，當然不是祖利安親自找我啦。不要客氣，來。」戴臣太太把放著餅乾的盤子遞給石小儒。「唔……兩個星期前吧……他辦公室的人來社區中心的電腦班，問有沒有人有興趣當義工——說是義工但還是有車馬費啦，我們幾個主婦便參加，有些還拉了孩子幫忙。」

所以賽琳也有看到高中生。

「他們給我們一個時間表，讓我們根據自己有空的時間，去超市為貨品拍照。」戴臣太太把貼在冰箱上的時間表拿下來。基本上是每天只有一節時間，在那個時間旁邊指定是哪一類貨品。「他們要我拍下每種貨品的價錢、容量或重量、還有營養標籤。」

「那亞伯倫呢？」特雷爾問。賽琳說戴臣太太和他比對著什麼。

「啊，我們拍好的照片就是要給亞伯倫的，他都在超市外面等我們。完成後就把照片傳到他的平板電腦，然後他確定我們要把照片刪了。」

為什麼是亞伯倫？為什麼不是市長辦公室的人？

在特雷爾和戴臣太太寒暄時，石小儒用手機拍下那時間表。

回程時，特雷爾告訴袁尚軒和石小儒有關亞伯倫的事。

亞伯倫．費博和特雷爾還有祖利安同年，父親以前是鎮上的家庭醫生，母親更是少有的女性婦科醫生，連附近鎮的人都會來看她。所以亞伯倫自小就是在非常富裕的環境下成長的。他還有兩個姊姊，但她們比亞伯倫大六、七年，特雷爾說雖然和亞伯倫是同學，但跟他的姊姊並不熟。特別是她們離開鎮上後，就真的只有在聖誕節禮拜時在教堂碰到。亞伯倫念書時的成績不是特別好，不過他有一點小聰明，而且喜歡做生意，高中畢業後，他在P大學——那時還是社區學院——念工商管理。

「P大學？那不是和祖利安一樣嗎？」袁尚軒記得祖利安也是P大畢業的。

「大概是吧，不過祖利安高中時就去了T市的寄宿學校升學，他們高中時有沒有聯絡就不得而知了。總之亞伯倫大學後就一直在T市，幾年前更把父母接到T市的老人院，就更沒有回來的理由。」

一路上，袁尚軒留意到，石小儒什麼也沒有說。

回到報館，特雷爾找來一塊白板，寫下目前知道的事實。

「先是昆恩特斯的舊數據中心，」袁尚軒在白板寫著。「亞伯倫曾經出現在那裡，而祖利安在進行著什麼調查，亞伯倫也參加了這個案子，而索妮亞現在也是在昆恩特斯工作。特雷爾，他們三人在高中時是好朋友嗎？」

「呃……嗯，亞伯倫和祖利安從小就是好朋友，而索妮亞，哈，當年她是祖利安的小女友。」

「誒？」袁尚軒對石小儒做了個鬼臉。這種人物關係，越來越像古典推理小說嘛。

「不不不，不是那樣的，那只是小孩的情竇初開，大概是八年級的時候，因為祖利安後來被送到 T 市上寄宿高中嘛，他們好像有維持了一陣子長距離戀愛，不過很快就分手了，不過以我所知並不是很惡劣那種，之後還保持著朋友關係，我暑假時見過他們和各自的男女朋友一起來四人約會。」

「索妮亞一定有關，」石小儒指著白板上索妮亞的名字。「究竟政府在搞什麼？昆恩特斯、市政府、亞伯倫、超市……食物券？」疫情後各地的經濟都受到重創，各級政府都在推行不同程度的福利計畫。

「不像耶……我們超市有和食物銀行合作。」

「嗯……而且推出食物券也不用和昆恩特斯合作。」

「不管是什麼，政府和私人公司合作要招標吧？市政府的網頁應該會有標書。」石小儒說。

這時特雷爾忍不住笑出來。「妳以為這裡是 T 市嗎？我們的『市議會』只有幾個人，大小事情只要市議會通過就可以了。反正一出什麼事情，大家都會追究市政府，他們為了保住議席也不會亂來的啦。」

究竟是什麼呢？袁尚軒抓抓頭。他感到，說不定還是給他挖到了大新聞。

▍

雖說袁尚軒努力要回去《紅葉郵報》，但畢竟他也知道自己要在 N 鎮待一陣子，現在住的 Airbnb 只租了一個星期，所以他也要去房屋仲介那裡詢問一下，看看有沒有出租的公寓單位。因為仲介五點關門，他唯有跟班華說一聲，說晚上再回來報館完成工作。

一坐下，仲介就跟袁尚軒推介房子的地下室或是分租房間。他說，疫情後，現在很多家庭都想分租地下室或是房間用來幫補一下房貸，而且不少也願意接受短於一年的租約，有幾個有獨立出入口的袁尚軒也覺得不錯。因為已經有點晚，仲介說明天午飯時間可以帶他去看看。

對了，不知道石小儒是住飯店？還是也是租這種短期租約的房間？袁尚軒不禁想。不過像他們那種金融菁英，出差準是住最高級的飯店，雖然不知道這裡有沒有高級飯店就是了。

跟仲介再聊了一陣子，談談鎮上的事，袁尚軒第一次從本地人口中，聽到疫症對這種小鎮的影響。結果聊到仲介要關門的時候。

正準備離開時，有個意想不到的人走進來。

是亞伯倫。

「啊，對不起，我不知道這個時間還有客人。」他說著看了袁尚軒一眼。

「沒有，正經事談完很久了，我們也只是在閒聊，那我不打擾你們了。」袁尚軒笑著，邊開始整理隨身物件準備離開，心裡卻在想亞伯倫來的目的，他也是要找房子？因為打算在鎮上留下來？

「沒關係，你慢慢收拾。亞伯倫，這是你要的，鎮上不同地區的租金資料。」說著仲介把桌上的小信封交給亞伯倫，袁尚軒看出裡面應該放著USB硬碟。

不只超市貨品的價錢，亞伯倫和市長還在蒐集租金的資料。

回去報館的路上，袁尚軒一直在想這些線索的關聯。

超市的乾糧蔬果牛奶肉類……租金……難道、難道……

該不會是……

那昆恩特斯的角色是……

CHOK！

對！如果要推行的話，CHOK不就是個絕佳的途徑嗎？

袁尚軒感到無比興奮，牽涉到昆恩特斯，這就不只是地方新聞了，他覺得，距離他回去《紅葉郵報》不遠了。踏進《導航員報》時，他壓抑著笑意，很快，就不用再待在這破報館，比想像中快，嘿嘿。

特雷爾、班華和凱拉已回去了，石小儒在她的辦公室裡專注地盯著她筆電的螢幕，大概因為下午被事件分散了注意力，現在要追回進度。他正要跑進去，告訴她自己的推理，她會對自己另眼相看吧，她會知道，自己不像他的笨哥哥。

但想了一下，袁尚軒停下腳步。

倒是石小儒發現他回來了，她揮手示意他進去。

「你去好久耶，找到合適的房子了嗎？」石小儒托著腮，她換上了眼鏡，更像一個學生。

「嗯，很多地方出租，仲介明天中午會帶我去看看，都是可以簽短期租約的，妳要不要一起來？」

「不用了，公司給我預算住飯店。」

「嗯，那……也不打擾妳工作了。」

「好的，我也不會太久。要不要一起吃晚飯？」

「呃，我還有點工作要完成……」

「沒關係，下次吧。」她笑著，袁尚軒微笑著退後離開辦公室。是職業病嗎？袁尚軒想著，還是自己覺得不要把全部告訴石小儒？

和仲介看了幾個地方，袁尚軒便決定了租下一個裝修了的地下室，那裡租金很合理，地方比他以前在T市的公寓還要大，除了有獨立的浴室和洗手間，家具也很齊備。他先簽了三個月的租約，雖然月租比簽一年的要高，但他不覺得自己會在這裡待一年。

他沒有立刻回報館，而是去了市政廳，不出他所料，市長秘書請他預約過後再來。

他在便條貼上寫了三個英文字母，連同名片交給市長秘書。「不好意思，新名片還沒印好，但我的手機號碼是現在用的。不過我想應該不需要，請轉告市長，我會在這裡等。」

果然，秘書把便條貼帶進市長辦公室後，出來時便請袁尚軒進去。

穿著高級西裝的祖利安親切地站起來迎接袁尚軒，有力地和他握手。他比袁尚軒高一個半頭，頭髮梳得很貼服，有點像當年在電影《瞞天過海》裡的喬治．克隆尼的年輕版。

喬治・克隆尼演的可是個大賊。

「袁先生，歡迎來到 N 鎮，暫時覺得怎樣？」就像在後院燒烤派對認識的鄰居一樣，友善的笑容完全不覺得有半點假裝。

「不錯，很……寧靜的地方。」

「我理解袁先生好像有些關於這個小鎮的問題呢。」

「市長先生，那我也不拐彎抹角了。」袁尚軒用手指敲敲在桌上的便條貼。「就是這個吧？N 鎮市政府、昆恩特斯和那個叫亞伯倫的人，你們三方面合作，打算推行這個，但是你們想先了解 N 鎮的基本生活開銷，所以你找人記錄超市主食的價錢，還有住房的開支，亞伯倫就是當中負責協調的人。」

「你是記者吧？那你想要的是？」

「關於這個的獨家訪問。」

「我為什麼要給你這個好處？反正我任何時間也可以開記者會。」

「首先，《導航員報》是N鎮唯一的地區報，在那麼大的事情上，《導航員報》竟然和其他大城市媒體同一時間知道？鎮上的人會怎樣想？已不說你的合作夥伴是本來已經離開 N 鎮的人，和超級大型的跨國企業了。另外，我保證，你給我這獨家，我給你的是，你可以盡情說你那邊的故事。最重要的是，你有無盡的時間去思考你要說什麼，不要說三十秒，你要用三十分鐘甚至三小時我也可以等。」

祖利安沒有立刻拒絕，沒有給他多考慮的時間，袁尚軒把手機放在桌上。「那麼，我可以開始錄音嗎？」

▌

之後幾天石小儒好像是出奇地忙，她進進出出班華的辦公室多次，有幾次班華還在和袁尚軒討論稿子的事，也被石小儒請了過去。是《導航員報》的財政出了問題？總之她就好像沒有留意他寫了個獨家專題報導的事。

星期三，《導航員報》出版。同一天，祖利安在市政府舉行新聞發布會。

祖利安宣布，N鎮將會推行全民基本收入計畫（Universal Basic Income），不單如此，N鎮政府還和昆恩特斯合作，以加密貨幣「N幣」，通過CHOK內的錢包發放，而市民可以透過貢獻社區的行為，獲得更多N幣，這也是決定用區塊鏈技術，為了形成一個N鎮獨有的生態。

疫情後，因為政府急於發展傳統產業以外的經濟，而且加上昆恩特斯積極遊說，聯邦政府在不久前開放公共機構利用加密貨幣，希望通過公私營合作，發展出有一定程度自給自足的經濟群，那政府的資源就可以騰空給重點項目。

那天袁尚軒給祖利安的便條貼，就是寫上「UBI」，全民基本收入的縮寫。

「我們會先推行小規模的試驗計畫，邀請一部分N鎮居民參加，受邀的參加者是經過小心的篩選，確保涵蓋各個人口層面，每人會得到一定數量的N幣，在CHOK平台上使用。而發放的數量稍後會公布，將會基於N鎮的生活指數來決定。

我們希望為全國各地受疫症重創的小鎮作榜樣，運用最新的區塊鏈技術，在可見的未來能打破地域限制，即使是住在鄉下小鎮，也能通過貢獻社區，去過一個可持續的生活模式，我們歡迎各地人才在我們N鎮……」

在完成演練過、旨在發放他魅力的講稿後，在場其他媒體當然踴躍提問，如袁尚軒所想，一牽涉到昆恩特斯，就是全國性的新聞，他們可不是特雷爾，在他們面前祖利安猶如野獸群中的獵物。

「請問可以詳細說一下昆恩特斯的角色是什麼？」

「昆恩特斯是這個計畫的重要夥伴。他們提供了CHOK這個平台和需要的技術。」

「昆恩特斯是私營機構，為什麼政府要和私營機構合作而不是自行開發？昆恩特斯從中得到多少利益？」

「這次的合作是通過公私合夥制的形式，這不是什麼新鮮的東西，全世界各地也廣泛應用在基礎建設上，只是這次我們不是用來建橋梁或醫院，而是建立一個可持續的社區生態。既然我國的企業已經發展了這項技術，政府的角色應該是鼓勵輔助而不是跟私人企業競爭。昆恩特斯除了通過公私合夥制在這項目上獲得利益外，也分擔了項目的風險，所以政府的風險是減低了。」

「那參加者的個人資料是不是會落入昆恩特斯手裡？」

「試驗階段的參加者都是現役ＣＨＯＫ的使用者，所以實際上並不存在個資外洩的問題。」

面對各樣的提問，祖利安從容不迫，說出也是一早準備好的「台詞」。當然，因為祖利安已經在袁尚軒的獨家訪問中演練過回答這些問題，也因為是台詞，所以其他媒體也只會得到和訪問中一樣的答案。而這些，都刊在同一天已經出版的《導航員報》了。

「因為計畫還在初步階段，抱歉不能披露太多細節，往後一定會有更多公布。」說罷祖利安便離場。

「喂，袁，你還有其他料吧，給我。」《紅葉郵報》的記者也真老實不客氣。

「你第一天當記者嗎？採訪材料會隨便給別人的嗎？」袁尚軒白了他一眼。

「而且我又不是《紅葉郵報》的記者。」

「別忘了《導航員報》也是《紅葉郵報》旗下的，我們可是可以把稿完完整整地放在《紅葉郵報》中。」

「當然啊，最好完完整整地放。但撰寫的人可是我啊。」

看著《紅葉郵報》記者悻悻然離開的身影，袁尚軒重拾了久違的快感。

回到報館，凱拉拿著一瓶看起來像香檳，其實是無酒精氣泡果汁迎上來。

「恭喜大記者阿軒！首刷的報紙已經賣光了，現在正加印中！很久也沒有這樣的大新聞了，我也差點忘了自己是在報館工作。哈哈。」

喝下像藥水一樣難喝的果汁，袁尚軒感到，除了凱拉一個在嗨外，報館的氣氛不大對勁。班華和平常一樣，在座位上優哉游哉地看報喝咖啡，特雷爾比平日更安靜。

因為自己搶了特雷爾的新聞材料嗎？不會，當天訪問完祖利安，袁尚軒便已經上報班華，並跟特雷爾說，為了爭分奪秒，他不得不先去突襲祖利安，才會獨自做那個訪問。

「啊，竟然是UBI！阿軒你好厲害！單憑那些主婦拍照和租金資料，就可以推理那麼多！才不要在意是誰做的訪問，反正這裡就只有我們兩個，不是你寫就是我寫啦，而且租金資料是你打聽到的嘛。」特雷爾還這樣說，當時袁尚軒並沒有感到任何不妥。

而石小儒，也一直躲在辦公室，連出來和他打招呼也沒有。

他們雖然在慶祝，但作為主角的袁尚軒反而坐立不安，剛才調侃《紅葉郵報》

的興奮感也煙消雲散。

他深恐自己的採訪遺漏了什麼，那個想法像一隻回來作祟的鬼魅。

▍

「為什麼竟然要主角收拾？」袁尚軒抱怨著。他們一直吃吃喝喝到傍晚，班華和凱拉竟然說要趕著回去，留下袁尚軒收拾剩下的垃圾。他把垃圾分類好，分別倒進休息室內的垃圾桶和回收桶。

從休息室出來時，他看到列印機上有幾張紙擱著，像是有人忘了在那裡。

「喂，特雷爾，這是你忘了的嗎……」袁尚軒瞄了那列印一眼。「這是什麼？」那像是一個明細表，列出一連串日子和金額，最久的回到六年多前，而金額的總數，超過一百萬美元。明細表的標題，寫著「維拉迪米亞特別顧問費」。

「啊，那是我請特雷爾幫我列印的。」看見袁尚軒讀著那列印，石小儒像是趕忙地跑過來，搶走袁尚軒手中的明細表。

「小儒，不要緊，阿軒是自己人。」特雷爾走過來拍拍石小儒的肩。

什麼時候自己變成信不過的人了？袁尚軒感到奇怪。這幾天發生了什麼事？

「阿軒，前幾天你在忙獨家訪問時，我發現了奇怪的事。」石小儒說。「你知道誰是維拉迪嗎？」

「誰？」

「自從班華入主《導航員報》後，常常不定期發放特別顧問費給一個叫維拉迪的人，我這幾天就是調查這事。」

「所以這些年來那些顧問費加起來有一百萬美元！」袁尚軒雙眼瞪大得眼球像是要掉下來了，他轉向特雷爾。「你知道這個人嗎？」

「好像是我來之前就在了，不過我沒見過他。」特雷爾打開一封email。「他是自由記者，行蹤很神秘。他會集合各方的消息、正在醞釀的事情等，再根據可信度、討論度等整理出他認為值得追下去的新聞。每星期班華和我都會收到他整理好的『排行榜』。」

對，因為袁尚軒剛調職到《導航員報》，還沒有開通《導航員報》域名的email。

難怪即使是《紅葉郵報》的老總，也覺得《導航員報》的專題報導有水準。他記得，當他因為錯誤報導出包時，老總說：「為什麼他們沒有收到消息。」那個「他們」大概是指《導航員報》。

所以這些消息和資料都是從維拉迪這個線人來的。

「那，有什麼問題？」

「本來維拉迪的email是逢星期二寄來的，為的是萬一在原來要刊登的題材有什麼問題，或是有更值得報導的，也有時間擱下來，但這個星期的排行現在還沒有收到。另外……」特雷爾放大那email。「我發現了這個。」

特雷爾點擊了email中的連結，一個視窗彈了出來，那是一個像是討論區的網頁。特雷爾再打開一個連結，一篇文章顯示在新的視窗中。

「新來的小雪人
被欺騙 被欺騙
錢都丟了 消失了 消失了

新來的小雪人
被無視 被無視
訊息都丟了 消失了 消失了

新來的小雪人
被背叛 被背叛
契約都丟了 消失了 消失了」

「很爛的詩，」袁尚軒說，心裡忍不住對這個「線人」的線索吐槽。「這是什麼？」

「這是我八年級畢業那年，刊登在畢業典禮場刊的畢業生代表致詞。」特雷爾吐了口氣。「這首詩在控訴的人，就是索妮亞、祖利安和亞伯倫。」

Chapter 2 消失的金錢

接過數學考卷的一刻，特雷爾高興不起來。

「哇，特雷爾有九十二分！好厲害！」旁邊的同學嚷著。

「哇！」其他人也湊過來。

大家也在驚嘆特雷爾考那麼高分，但他的目光只投向課室的另一邊。

亞烈謝也在看這邊，他微笑著向特雷爾點頭。考卷沒有在他的桌面，一定已經收進書包裡了。

「你考幾分？」下課的時候特雷爾問亞烈謝。

「九十八。」他滿不在乎地說。

「哇，那很好耶。」雖然已是意料中事，但特雷爾還是有點不是味兒。

「不是滿分，爸爸會罵，只是少罵一點。」

亞烈謝來自俄羅斯，幾年前他們一家在蘇聯解體後到了歐洲，聽說他父親是發電廠的工程師。特雷爾聽父親說過，N鎮附近要建風電場，亞烈謝的父親好像就是在那裡工作。

亞烈謝剛轉學來時，大家對他都很好奇，他那金得差點發出閃光的頭髮和寶石一般的藍眼睛，還有他說話中濃烈的歐洲口音，就像是童話故事繪本中的王子。

原來真的有人長這樣的！特雷爾想。

除了外貌，亞烈謝吸引特雷爾的，還有他的腦袋。一直以來，特雷爾和索妮亞都是班上成績最好的，不過索妮亞是女孩子，而且又是祖利安的女朋友，特雷爾都不會和她走得太近。亞烈謝就不同了，大家都是男孩子，特雷爾會從家裡經營的超市拿零食請亞烈謝吃，並邀他去他家玩。他們會一起玩填字和智力遊戲，很快地，特雷爾便知道，亞烈謝的頭腦，應該可以說是天才的程度。可惜的是，在這種小鎮學校，並沒有天才班。

而且特雷爾很快也發現，亞烈謝並不像自己，他並不是那種內向的書呆子，剛來時的害羞表現，只是因為面對陌生的環境的不安，他很快便融入了這裡的生活。漸漸地，他也和其他同學來往。

特別是索妮亞他們。

雖然都是念第八班，但是家境好、長得漂亮的索妮亞已經有小美人的氣質，和市長兒子祖利安在一起，是自然不過的事。他們和醫生世家的亞伯倫三人，從小學時就是很要好的朋友。論家境，特雷爾一點也不輸人，只是他家是「賣菜的」，和祖利安他們當然不能相比。而且特雷爾性格內向，也不是在學校裡受歡迎的男生。小時候的特雷爾，以為從家裡拿零食回校請孩子們吃，便可以交到好朋友，但漸漸他發現，其他人只是騙免費零食吃。亞烈謝來了後，特雷爾以為，終於有不是貪他家裡零食、又不會像祖利安那白痴般叫他是「賣菜的」、和自己頭腦一樣好的人，可以當好朋友。

「你和索妮亞他們玩什麼的？」看到亞烈謝最近差不多每天都和索妮亞他們一起，特雷爾感到不是味兒。

「索妮亞家裡有連接網路的數據機，我們正在編寫一個遊戲程式。」

在九十年代初，對一直住在N鎮的特雷爾來說，網路是一個很模糊的東西，印象中電視節目有提過，感覺就像一些新產品。學校有電腦課，不過只是每週教一些很無聊的東西。特雷爾以為，程式這檔事離自己很遠，是那些電腦天才做的，他沒有想過，編寫程式竟然可以是同齡朋友放學後玩的「遊戲」。

「寫程式有那麼好玩嗎？」

「嗯，我們寫了一個乒乓球的遊戲，不過還有點問題要解決。」

「乒乓球？大街上的遊戲機店也有那個遊戲玩啦，我家有電視遊樂器，也可以叫老爸買乒乓球的遊戲的卡帶，你就可以來我家玩……」

「那是兩樣完全不同的東西。我們寫程式不是為了玩乒乓球遊戲，而是寫一個可以走乒乓球遊戲的程式，那就是好玩的地方。」

「不過你說有問題要解決？怎樣解決啊？」

「上網啊！索妮亞家裡可以上網，我們在一個業餘程式員的討論區貼文，那裡有來自世界各地的電腦愛好者，他們會很樂意分享經驗。」

「哈哈，我完全不明白。」

「網路的確是新東西，但是以它的功能和發展，相信很快便會變成生活中的一部分。」

「不是吧？」特雷爾笑著說。「我看不到啊，那麼複雜的東西，又要懂電腦又要有什麼數據機，一般人不會懂的東西，又怎會普及呢？」

「因為現在不懂，就不去理會它嗎？」亞烈謝突然認真起來。「不懂、不聽、不理、不問，它就會不存在嗎？」

那天以後，特雷爾就沒有邀請亞烈謝去玩，也許怕亞烈謝覺得自己幼稚，也許特雷爾覺得被亞烈謝訓了感到丟臉。不過特雷爾的目光總是有意無意地跟隨著亞烈謝，有時候他也會悄悄地躲在亞烈謝附近，偷偷聽他和祖利安他們的互動。

在快要畢業時，一天特雷爾看到亞烈謝他們神色凝重地在校園的一角，不知道在談什麼，索妮亞在哭，安慰著她的是亞烈謝，祖利安一臉無奈，而亞伯倫則有點不知所措。如平日一樣，特雷爾躲到一棵樹後面偷聽。

「我也沒辦法啊，爸爸要我去 T 市的私立寄宿學校念高中，我可以怎樣？」祖利安無奈地說。

「你就不會跟你爸說不嗎？」索妮亞抱怨。「遠距離戀愛最終一定不會有好結果的。」

「那妳要我怎樣？我們一起離家出走嗎？」

索妮亞語塞，她非常清楚，十四歲、嬌生慣養的他們，是不可能離家出走的。

「可以啊。」亞烈謝突然冒出一句。

「什麼？」亞伯倫給嚇了一跳。「離家出走？」

「是啊。離家出走。」亞烈謝仍是一貫地冷靜，就像是解數學習題一樣。「當然不只是祖利安一人。只有祖利安一人的話，他父母知道他不能撐很久，零用錢花光就會回家了。也許你媽媽會擔心而心軟，但可能你爸會狠下心，所以你媽媽什麼也做不了。但是，如果我們四人一起走呢？四個人的話，我們能集合的資源、也就是錢，也多了，也就是我們能存活的機會也高了。而且，四對父母的孩子都離家出走的話，即使祖利安的爸爸想給兒子一點教訓，其他父母也不一定會配合，總之他們不大可能有一致的行動，那我們的議價能力也相對提高……」

「我完全聽不明白……」亞伯倫聳聳肩。「不過總之就是我們四人一起離家出走吧。」

「對。」

「那……何時走？」索妮亞好像認真起來。

「唔……畢業舞會那天。」亞烈謝托著下巴沉思著。「那天父母們都知道我們會晚回家，這給我們多點時間，可以走得更遠。」

之後幾天，每到午休時間，亞烈謝都在計畫和跟祖利安他們商量離家出走的事，不過說是商量，其實都只是亞烈謝在說他的計畫。

特雷爾偷聽到，亞烈謝的計畫是，在畢業舞會前幾天，先把行裝一點一點地帶回學校，除了一些換洗的衣服外，最重要是家中值錢又容易拿走的東西。畢業舞會那天，因為四人一起行動太顯眼，所以他們四人要前後腳去儲物櫃拿行李，之後再到學校的後山一處空地集合。舞會七點開始，八點前全部人要到達後山。

「為了增加成功的勝算，我們要分工合作。」亞烈謝說。「亞伯倫，你負責管錢。我們常常在一起不大好，索妮亞，畢業舞會前妳就負責當我們之間的聯繫，替我們傳遞訊息。祖利安……那你就負責保管我們的契約。」

「契約？」

「嗯，難道我們要打勾勾嗎？」亞烈謝把一張紙交給祖利安。「這上面已經寫了我們的計畫，我已經簽名了，你們也簽名，這是我們的合約，我們不是小孩，要有合約精神。祖利安，你就保管著它，萬一之後發生什麼事，你可以拿這個出來，證明我們四人一起計畫離家出走的。」

雖然聽到他們要計畫離家出走，但特雷爾知道他們並不打算永遠離開，也就沒有跟大人說。反正他們離家幾天就會回家了，他想。

畢業舞會那天，特雷爾也有去，不過當然只有站在一旁喝果汁的分。沒有女生邀他跳舞，他也沒有想邀請的人。

他感到不對勁。

亞烈謝早早就不見了人影，他應該是拿了行李去後山了。根據他們的計畫，每個人應該是相隔五至十分鐘離開舉行舞會的體育館。不過索妮亞一直依偎著祖利安跳舞，亞伯倫也在和女孩們調笑，完全沒有要離開的意思。就連特雷爾在洗手間碰到祖利安時，他也是輕鬆地哼著歌。洗手後特雷爾把面紙丟到垃圾桶時，看到了那個。

那是撕爛了的「離家出走」契約，上面還有索妮亞他們的簽名。特雷爾那天聽到，亞烈謝明明要祖利安保管它不是嗎？為什麼祖利安要把它撕爛？

他們不是約定了嗎？

突然燈光閃了一下，伴隨是外面打雷的聲音。特雷爾離開洗手間，透過學校的玻璃窗看到外面正下著大雨。

對了，天氣預報好像有說過會有打雷和暴雨，特雷爾想起。他看一看手錶，八點半。

祖利安他們還在體育館內。

究竟發生什麼事？他們不是和亞烈謝約好了嗎？

外面一直下著大雨。

九點、九點十五分、九點半……

特雷爾一直待到舞會結束，看著祖利安的母親開車來接他們三人一起回家。

「特雷爾，雨下得這麼大，要不要載你回去？」祖利安的母親很親切地問。

「謝謝阿姨，我媽媽正在來接我，應該快到了。」特雷爾看到車內的三人，看著他們盡興地和特雷爾揮手說再見。

亞烈謝被放鴿子了，他們根本沒有打算赴約。

回家的路上，看著打在車窗上的雨點，特雷爾沒有停止想著亞烈謝。不知道他怎麼了？有沒有帶雨傘？差不多十點了，亞烈謝應該知道被放鴿子、已經回家去吧。

沒可能還在等的。

畢業舞會後的星期一，祖利安他們若無其事地上學，只是，亞烈謝沒有來。那天早上，他們班的老師遲遲沒來教室，她來的時候，身後跟著一名高大的男人。男人有一頭金得發亮的頭髮，和一雙寶石一樣的藍眼睛。

「各位同學，這是亞烈謝的爸爸。」老師看了一眼旁邊的男人，她猶豫了半晌，然後乾咳一聲。「嗯，你們當中可能有人知道，亞烈謝現在住院……」

住院？

特雷爾驚訝得說不出話來，發生了什麼事？

「亞烈謝得了肺炎。」亞烈謝的父親等不及老師去解釋。「大家也知道，星期五畢業舞會那天晚上下了一場大雨，亞烈謝那天很晚才回家，那時他渾身濕透，已經在發燒，我們趕緊送了他去醫院。我今天來，是想知道，畢業舞會那晚發生了什麼事？」

聽到亞烈謝住院，大家都在竊竊私語。「畢業舞會他有來嗎？」有人說。特雷爾沒有作聲，但卻靜靜地留意著祖利安他們，他們三人都面無表情、嘴唇緊閉，像是生怕一開口就說溜了嘴。

一直到學期結束，亞烈謝都沒有再回學校。聽說他一邊在家養病，一邊在家學習，老師好像有去他家讓他能在家考試，而他竟然以第一名的成績成為畢業生代表。有閒言說全因為同情他在家養病，但特雷爾知道，亞烈謝不來學校也可以考第一名。

不過因為身體還沒完全恢復，亞烈謝缺席畢業典禮，只是把致詞交給學校，印在畢業典禮場刊上。

「新來的小雪人
　被欺騙 被欺騙
錢都丟了 消失了 消失了

新來的小雪人
被無視 被無視
訊息都丟了 消失了 消失了

新來的小雪人
被背叛 被背叛
契約都丟了 消失了 消失了」

畢業典禮時大家看到畢業致詞都議論紛紛，雖然不能完全明白當中的意思，但是大概也可以看出亞烈謝在控訴什麼，大家也知道他和索妮亞他們三人是好朋友，而這篇致詞也剛好有三段。

校長也知道那篇畢業致詞的震撼，所以故意在演講時說，為了尊重亞烈謝，決定完整地刊登。「你們即將邁向高中生活，那是青春美好的日子。但是請記著，當中還是會有令人傷心、失望的事，不過請知道，你不是一個人的。」他說。

特雷爾偷偷望過去索妮亞那邊，他們盯著校長，一臉專心聆聽的樣子，但明顯地，三人的臉色都非常難看。

畢業典禮後，特雷爾繞到亞烈謝的家，自從他病倒後，他都沒有去探望過他。也許是心虛——那天應該一早跑去後山，告訴他祖利安他們不會赴約，應該把他拉回家。

可是特雷爾撲了空，亞烈謝的家，已經人去樓空，屋外掛著的是招租的牌子。鄰居說，他們一家是上週搬走的，好像是亞烈謝的爸爸在歐洲找到工作。

特雷爾握緊手中裝著零食的袋子，亞烈謝一早就知道要去歐洲了嗎？他計畫離家出走，不單是為了祖利安和索妮亞，也是為了自己可以和好朋友在一起？

不過，他被背叛了。

▌

賽琳早上七點半匆匆來到店鋪，準備八點開店。本來她是在大街上的尼霍克市場總店上班，但這天經理問她可不可以來分店代班，因為本來負責開店的員工凱文臨時說病倒了不能來。賽琳便一大早從經理那裡拿鑰匙趕來開店，這分店位於鎮上的高中附近，雖然店面也不小，但是因為光顧的多是學生，貨品種類也略有不同，少了新鮮肉類蔬菜，多了零食速食等東西，所以午餐和放學後很多學生來光顧。

那少女就站在店門外。

少女不是本地人，這幾年祖利安發展這發展那，很多新的商店和公司在鎮上開始營業，不過它們都像是音樂椅一樣來來去去，特別是疫情時有不少離開，現在又有不少來了，賽琳已分不清什麼跟什麼，之前特雷爾帶著兩個亞裔記者還是什麼的來，這女孩應該是什麼新行業的從業員吧。女孩看起來二十出頭，蓄著一頭短髮，雖然化著淡妝，但明顯是悉心打扮過。

「妳好。」她禮貌地跟賽琳打招呼。「請問喬伊在嗎？」

「啊，他應該晚點才會來。」賽琳知道喬伊，前年高中畢業後在這裡當全職，之前也是在總店工作，最近才調到這分店，所以賽琳認識他。

「那……可不可以麻煩妳把這個交給他？」女孩手中有一個手掌大一點的塑膠盒，裡面有幾塊布朗尼蛋糕。

「妳做的？」

「嗯，妳說是莎莉給他，他就會知道了。」

「沒問題。」賽琳微笑著接過塑膠盒。「喬伊一定會喜歡。」

「謝謝妳。」叫莎莉的女孩笑著點點頭，然後踏著有點雀躍的步伐離開。

真可愛，賽琳笑著看那布朗尼蛋糕。說起來她不記得喬伊有女朋友，應該是他的仰慕者？兒子諾亞雖然還只是六年級，但他說班上的女同學常常傳簡訊和傳電子禮物給他，賽琳還以為現在年輕女孩不流行親手做點心給心儀的人了。

因為喬伊會接近中午才來上班，賽琳把塑膠盒放在休息室的桌子上。休息室的門是密碼鎖，只有該店的員工才知道，而且每天也會更換，所以只有當天上班的才能進去，而且門外有監視器，有誰出入一清二楚，所以即使沒有上鎖的儲物櫃大家也放心把個人物品放在裡面，不過賽琳還是把放有錢包和鑰匙的包包放在不顯眼的角落。

賽琳特地在塑膠盒上貼上便條貼，寫上是莎莉給喬伊的，為免其他人以為是給大夥吃的。

「唏，喬伊！」喬伊一來到店，賽琳便截住他。「休息室內那布朗尼蛋糕，是莎莉給你的。」

「啊，嗯。莎莉是誰？」喬伊一臉茫然。

「那個短髮女生！你真沒良心耶。」賽琳調侃他。喬伊雖然已經二十歲，但樣子還是像高中生，而且還是一副大眾臉，性格也有點內向，不像是有很多女朋友的類型，不過也許莎莉是暗戀著他，那他不知道也不奇怪。

看著莎莉和喬伊，那種單純的戀愛，讓賽琳想起她的少女時代，心情也好起來——不過這種好心情只維持到下午快下班的時候。

賽琳下午五點下班，兩點半有個休息時間，之後高中放學，所以在她休息後直到下班，就是店裡最忙的時候。看這天外面天氣不錯，賽琳決定到外面走走，她拿了杯咖啡，到附近的公園逛了一圈。

回到店時，她看見店外擠著一群高中生，便感到不妙。

「哇！打得好！」

「打臉嘛！」

孩子們的叫囂聲此起彼落，每個人也拿著手機在拍攝。

打架嗎？賽琳好不容易才穿過那些學生擠進店內，果然，四個男生就在店內打作一團，貨品散落一地，她也看不清是有人被打？還是在互相鬥毆？仔細看那四個人，其中一人穿著店的制服，是今天來打工的霍華德。不，其他三人也是打工的，尼克、蘭施，還有詹姆森，不過不是今天的班。而另一名全職員工貝兒努力在勸架，不過她一個女孩子根本不可能阻止四個大男孩，只在旁邊徒勞無功地叫他們停手。

「喬伊他媽的在哪裡？」賽琳發現喬伊不見了。沒理由喬伊會任由他們在打架，賽琳想會不會他摸魚溜開了。

「你們有完沒完！」賽琳大喊，費力把四人分開，畢竟是孩子，面對「母親級」的賽琳也不敢放肆。「喬伊呢？」

四人面面相覷，和貝兒都聳肩表示不知道。

「好了，沒有什麼好看的，都給我回家！」賽琳把店外的人都趕走，然後把門關上，店裡亂成這個樣子都不能營業了。

「發生什麼事？」賽琳倚著關上的門問道。雖然他們都是高中生，但賽琳現在把他們當成自己的孩子般訓，她知道不能罵，一直保持著平靜的語氣，一邊觀察著他們四人有沒有人受傷。幸好只是一點瘀傷擦傷，看起來還能走能動，不用去醫院，不然就麻煩了。

「我被偷錢！」霍華德第一個說。

「我才是被偷錢那個！」尼克說。

「是我被偷錢！」蘭施也加入。

「我是受害者！」詹姆森抗議。

「閉嘴！」眼看四人又快要打起來，賽琳喝止他們。「這之後再說，你們四個！先把這裡收拾好！貝兒，辛苦了，今天先回家，我會幫妳打卡。」

四人無奈垂頭喪氣地開始收拾他們的爛攤子。把貨架移好，貨品放好在原來的位置，賽琳推了購物車，把有損壞的貨品放進去，看看要當減價貨賣還是要報銷。

沒有人說話，只是默默地工作。

「哈……哈……」突然不知哪來的笑聲，把所有人都嚇了一跳。

「哈……哈……」

那是一把微弱又詭異的笑聲。霍華德走近尼克捉著他的衣服：「那是什麼……不是有鬼吧。」

「嘖，鬼也怕了你們幾個啦。」賽琳邊說邊在店內尋找笑聲來源，她認為可能是酒鬼剛才趁亂混進店內偷東西。

當她找到笑聲的來源時，她呆住了。

癱坐在地上、眼神渙散、不由自主地在傻笑的，不是酒鬼，而是喬伊。

▌

在《導航員報》報館內，袁尚軒百無聊賴地在座位上滑手機。

N鎮推行試驗性的全民基本收入計畫UBI已經差不多一個多月，本來以為作為最先報導的媒體，並替《導航員報》拿到市長祖利安的獨家訪問，可以「將功補過」回到《紅葉郵報》。沒想到財經版的主管竟然說：「總編看到了，他有稱讚你啊！做得很好，我和總編也覺得，這是很有意思的實驗計畫，之前本國也搞過UBI，但不是失敗收場就是不了了之，你就繼續待在N鎮，負責全民基本收入計畫的後續專題報導吧！」

主管沒有說要待多久。

好聽的是後續專題報導，本來袁尚軒也真是很努力地採訪，但是根本就沒什麼材料。市政府通過昆恩特斯的平台ＣＨＯＫ邀請了五百人參加，也就是大約Ｎ鎮一成的人口。每名參加者每月會在ＣＨＯＫ系統內的錢包獲得相等於一千元的Ｎ幣，那大約是Ｎ鎮一個單身公寓一個月的租金，Ｎ幣在鎮內大部分商戶也可以使用，而且如果做特定的事情，例如做一些政府認可的義工、報讀一些課程等，也可以獲得額外的Ｎ幣。

政府原來的意思是，推行後漸漸Ｎ幣可以發展成自給自足的生態系統。可是一個多月下來，民眾普遍使用率低，更別說要有產出了。

袁尚軒之前是在財經版，當然也看過不少那些金融科技初創的交易，還有不少有關虛擬貨幣、區塊鏈什麼的，不過媒體最常報導的是盜用代幣發行（ICO Initial Coin Offering）名義掩飾的詐騙，或是一些虛擬交易所被駭使投資者的貨幣被盜等等，所以他可以理解，市民，特別是在Ｎ鎮這種鄉下的民眾，會對Ｎ幣有保留。

確定沒有人看見，袁尚軒在筆電打開另一個檔案。

那是他寫的有關維拉迪和亞烈謝的筆記，因為不知道班華知道多少，他的調查也只能暗中進行。維拉迪最後的排行出現了一份謎樣的詩，特雷爾認出寫那首詩的，是一個叫亞烈謝的轉學生。

特雷爾告訴袁尚軒和石小儒當年八年級時發生過的事。「要不是這在排行中出現，我都差點忘記這件事了。不過當年在畢業生中的確是有點轟動的，那時大家只知道亞烈謝突然病得很厲害，連畢業典禮也不能出席，直到他的畢業致詞刊出後，本來大家也只是覺得那致詞很奇怪——對，我也覺得奇怪，但他堅持要刊那首詩作為他的畢業致詞。後來有人說，那首詩很像在說亞伯倫、索妮亞和祖利安，我想想也覺得像，加上亞烈謝畢業舞會被他們放了鴿子的事，他會利用那個機會控訴他們就不奇怪了。現在想來，當時他們聽到那首詩時，的確臉也白了。」

「但是那只是小學時的一件小事吧，亞烈謝後來也病好了不是嗎？我們每個人，小時候多多少少也發生過類似的事嘛。」袁尚軒問，他好像可以理解亞烈謝作為學校中的「少數族裔」的困難。「為什麼這首詩現在這個時間會冒出來？」

「我也不明白……」特雷爾盯著他說的 email。

他們在社交媒體搜尋亞烈謝，找到一個居住在法國同名同姓的人，特雷爾還特地把小學校刊帶來，比對兩人的照片。

「是同一人嗎？」石小儒比對著校刊和社交媒體上的照片。「都有二十幾年了……」亞烈謝和維拉迪都是俄文名字，他們想維拉迪會不會是亞烈謝化名。

「看起來好像是同一個人，但不大肯定……」特雷爾說。

那個亞烈謝的貼文都是生活片段，大部分都是用俄文寫的，有些是用法文。雖然網路的翻譯很爛，但也可以理解大概的意思。都只是生活上的事，有時候是吐槽工作上的事，遇到奧客之類。

亞烈謝會不會是維拉迪？不過除了都是俄文的名字外，並沒有找到任何維拉迪和亞烈謝的聯繫。

社交媒體上的亞烈謝沒有具體寫自己的工作，不過看他照片中經常穿著整套西裝，出席活動的照片，和偶然對工作的抱怨，像是從事金融服務業，而不像是記者。袁尚軒請特雷爾給他看之前維拉迪發的email，那些條目涵蓋不同範疇，並沒有偏重哪一個行業，所以維拉迪並不是在某個行業內給媒體供料的線人，這樣和亞烈謝從事金融服務業的猜測又不符。

但是在這個時間點，剛巧亞伯倫、索妮亞和祖利安三人相隔了三十年又走在一起，這首詩的出現真的是巧合嗎？還是，維拉迪在給某種暗示？甚至，他是在進行什麼？

另外從石小儒那邊得到關於維拉迪那方面的資訊，也是一點線索也沒有。從《導航員報》的財務報告中，石小儒找不到任何有關維拉迪身分的東西。

「他並不是《導航員報》的員工，他的服務是通過他的私人公司提供的——『維拉迪米亞有限公司』。」她說。

維拉迪就是維拉迪米亞的縮寫。

「作為顧問費用，累積下來的金額雖然有點高，但是顧問費從來就沒有一個標準價格，而且他的確每個星期也把有潛力的新聞提要給《導航員報》，並不像有任何不合法的勾當。」石小儒以研究營運為理由，深入看過付給維拉迪的顧問費。「我也沒理由向班華要求和維拉迪見面。」

「但是為什麼《導航員報》要聘請這樣的一個顧問？」袁尚軒翻著維拉迪提供的提要。「這裡有些提要，從日期來看，班華應該是給了《紅葉郵報》，我記得後來《紅葉郵報》有進行調查報導。」

「是班華私下的消息來源嗎？」特雷爾猜測。新聞記者一般都會十分保護消息來源，班華不想把維拉迪拱手相讓給《紅葉郵報》也很合理。

袁尚軒想起那天在祖利安有關ＵＢＩ的新聞發布會上，那個很不禮貌地要他把資料給他的《紅葉郵報》記者。

如果維拉迪是提供消息的線人的話，那這種程度的保密也不無道理。

「你在調查維拉迪啊？」石小儒不知何時走到了袁尚軒的旁邊，她放輕了聲線，不要引起別人的注意。「調查到什麼？」

「就是什麼也查不到，整個鎮上好像都沒有其他人認識維拉迪。」

「既然沒有人知道，就從他的足跡開始調查吧。」石小儒說。

「誒？足跡……」袁尚軒想了一下。「啊！」

「我認識一個電腦知識不錯的人，他可以幫忙。」石小儒微笑著點點頭。「不然特雷爾也可以做到吧。」

「特雷爾？」袁尚軒有點驚訝。

「對啊，特雷爾是計算機科學系畢業的，你不知道嗎？」石小儒說了大學的名稱，那是本國著名的科技大學，不少科技企業的創辦人都是那所大學的畢業生。

「特雷爾你竟然是那裡的畢業生！還要是計算機科學！」袁尚軒的聲音有點興奮。「那你是不是『餡餅屑會』的會員？」

「餡餅屑會」是由那所大學一群數學系、計算機科學系、計算機工程系學生創辦的組織，一開始是類似宅男的內網討論群組，到現在發展成一個像是兄弟會的組織，透過會員推薦機制，現在會員已不限於那大學的畢業生，而是全球數學和電腦專才。和兄弟會不同，他們沒有階級組織，目的也不是提攜會員，而是通過合作發展理想的生態系統，因為不少會員在科技企業任職，他們常常會秘密參與一些非常早期、極需保密的項目的測試，但中間也會有純粹搞笑的事。因為創會成員是數學和計算機學系，所以就以圓周率（Pi）同音的「餡餅」（Pie）和電腦位元同字的屑（bit）當名稱。

「幾年前不是有人號召穿白衣戴白帽到地鐵站嗎？當時就有謠傳，是『餡餅屑會』的人做的。」袁尚軒本來興奮地說著，但是他看到石小儒投來一個輕蔑的目光，便立刻噤聲，雖然他不知道自己說錯了什麼。

「我是會員。」特雷爾直認不諱。「不過沒有你想像得那麼神。現在網路上那種組織多得是。」他看了石小儒一眼，像是怪責她爆了他的秘密。

「啊，是嘛……」袁尚軒點點頭。「哈哈，我想我可以搞定，不用特雷爾出山啦。」

究竟維拉迪和亞烈謝之間有沒有什麼關係？為什麼維拉迪會知道亞烈謝差不多三十年前寫過的詩？為什麼他的「排行榜」中會有這篇致詞？

袁尚軒覺得，和ＵＢＩ的後續報導相比，這會是更爆的題材。他當然不想特雷爾岔進來，他想獨攬這篇獨家。

▌

袁尚軒來到報館附近的咖啡店，胡迪準時在約定的時間到達。胡迪經營一家外賣潛艇三明治店，這個時間剛好可以休息。

「胡迪先生，很感謝你能接受我們《導航員報》的採訪。」得到錄音許可後，袁尚軒把手機放在桌上。「因為知道你是基本收入計畫的參加者，所以這次主要是想問問你對計畫的感受。或許你可不可以先說說你怎樣用那N幣?」

胡迪有點尷尬地笑了笑,摸摸他差不多快光的頭。「哈哈,其實我不懂這種科技東西,我都讓我兒子用我的N幣錢包,那個什麼應用程式他裝在他的手機中,我叫他幫我用N幣交市政府的牌照費等等,剩下的我讓兒子當零用錢。」

「一千元不是小數目,為什麼不用在其他地方?例如付房東租金?或是用來買日用品、日常伙食等等?」袁尚軒查過,胡迪的店的房東是鎮上的人,理應可以用N幣,那就可以增加N幣的流通。「那你有沒有在店裡讓顧客用N幣付帳?」對小商戶,昆恩特斯會提供開通CHOK帳戶的協助,索妮亞也因此回來N鎮負責這個項目。

「房東嫌麻煩,我沒有讓顧客用,雖然有些學生問。我也覺得,只用手機『嗶嗶』地就付了錢,感覺不穩妥嘛。而且連尼霍克市場也不接受N幣,只有樂川那種不正經的地方才收。這一千塊我當是政府給我的費用減免啦,又不是真錢。」

「N幣不是真錢?」

「當然不是啦。」胡迪掏出錢包,從裡面拿出一張紙幣。「這就是真錢!」

袁尚軒一時語塞,他腦中湧出很多以前念書時學過的東西去反駁胡迪,但千頭萬緒不知從何說起。

「這是真錢嗎?」突然一隻白皙的手從旁拈走胡迪的紙幣。

「小儒？」還來不及問她為什麼會出現在這裡，石小儒已擠到袁尚軒旁坐下。

「我來買咖啡，沒想到聽到有趣的談話。你好，我叫石小儒，也是《導航員報》的。胡迪先生，你剛才說這是真錢，你知道這張紙代表什麼嗎？」

「有代表什麼？這是二十元。」

「唔……為什麼它是二十元？這張紙，加上上面印刷的墨水，我想……它應該連一元也不值。」

「怎能那樣說呢？我拿著這張紙，可以走到前檯那邊買十杯咖啡。」

「你可以去買十杯咖啡，因為咖啡店老闆知道，他拿著這張紙，可以換價值二十元的東西……如此類推。所以，這張紙，」石小儒揮舞著那二十元紙幣。「是借據喔。」

「什麼？」胡迪嗤笑。「這怎會是借據？」

「不是嗎？」石小儒揚一揚眉毛。「在一張紙上寫著一個銀碼，拿著那張紙，可以換到和上面銀碼相同價值的物品，那這張紙不是借據是什麼？這就是政府給你的借據耶。」

「但是這是我從銀行提出來的，那是我的錢啊。」

「幸好你這樣說。你知道，你存進銀行的錢，在銀行的財務報表中，是怎樣表示的？」看到胡迪搖頭，石小儒湊近他一點。「是負債。」

「我們存進銀行的錢，並不是坐在那裡等我們提取的，銀行把它借出去，賺取利息，銀行就是這樣賺錢的。但是你可以隨時到銀行領回你的錢，所以對銀行來說，你存進去的錢，其實是『借』給銀行的。」袁尚軒解釋，然後他轉向石小儒。「我好歹也是金融系畢業的。」

「胡迪先生，我問你，你做三明治的材料，一般是現金付清的嗎？」

「唔……大部分是用信用卡，麵包是烘焙店每月結帳。」

「那你的客人呢？有沒有顧客是用信用卡付帳的？」

「當然，特別是自從疫症出現後，我們都減少用現金。」

「所以，你賴以賺錢的三明治，是用借貸的錢生產的，信用卡和烘焙店賒帳可是借貸喔。然後你的客人是用借貸、也就是信用卡，買你的三明治，那筆帳通過信用卡公司記進你銀行的帳戶中，然後你提了這二十元，也就是國家寫給你的二十元借據。」石小儒邊說圓溜溜的雙眼向上看，食指一邊在跟著她說話的節奏指敲著桌面。「你覺得這是『真』？」她皺著眉裝作一臉不解地看著胡迪。

「再說，這張紙值二十元，是國家說了算的。」石小儒繼續敲著桌面上那二十元。「如果明天，政府說所有二十元紙幣，全部一律只值五元，那這張紙就只值五元了。」

「政府為什麼會這樣做啊？」

「當然不會那樣極端，但世界上不是有國家因為政府的錯失，做成極端的通貨膨脹和貨幣大幅貶值嗎？也許退一點，如果政府限制咖啡豆的入口，造成短缺，咖啡豆價格上升，那這張紙還能換十杯咖啡嗎？」

胡迪托著下巴在思考，畢竟他也是生意人，這點他很容易理解。

「胡迪先生，如果有客人說沒有錢，但想賒帳，說月底才回來付錢可以嗎？」

「那……看看那是誰啦，如果是特雷爾當然沒問題，但如果是凱拉就……她常常月底前就花光薪水，哈哈。」

「唔……如果那是你不認識的遊客呢？你會讓他賒帳嗎？」

「當然不會。」

「但是你會讓那個人用信用卡付帳。」

「那不同嘛，有信用卡公司負責嘛，不然我幹嘛要給他們賺百分之三手續費啊？」

「就是嘛，對那買東西的人來說，用信用卡付帳，還是要求店家賒帳，其實是一樣的，因為他都是月底才還錢，分別是還給發卡的銀行還是還給你。但對你來說，你寧願少賺百分之三，也不願賒帳，因為你不信那你不認識的人，但是你信任信用卡公司。

「那同樣是遊客，他給你這張二十元，假設沒有這是偽鈔的風險，你會接受，因為你知道，你可以把這紙用來換其他東西，或是存進銀行。你相信的，是發行這鈔票的政府，和你存款的銀行。

「所以說到底，你是相信這些機構，如果我說，有一個機制，可以解決這信任的問題呢？」

「什麼意思？」

「我們來個簡單一點的例子，你的店有沒有請打工的？有嗎？那假設你付他十元一小時，他替你工作一小時後，你給他……假設一個值十元的雞肉潛艇三明治，不同的是，你會告訴全N鎮的人，你『付』了一份潛艇給打工的。然後鎮上其中一人，就會去核實是哪款潛艇，然後在包裝紙上寫上暗號作實，並告訴全鎮的人交易完成，這時全鎮的人都會在自己的記事簿上，寫下『胡迪給打工的雞肉潛艇』。打工的拿著這經過核實的三明治，去『買』價值十元的上衣，他也一樣，公告了這筆交易，然後由N鎮某人核實了之前那個人寫的暗號，比對全鎮的人記事簿上寫著的交易，也核實裡面是雞肉潛艇，然後在那暗號旁邊寫了新的暗號作實，公告交易成立後，全鎮的人也在自己的記事簿上寫上新的交易。然後賣衣服那人用那潛艇去買布料時，也是一樣公告、核實……就這樣，不需要一個大家公信的第三方，你們也可以進行交易。而因為這些暗號一個連著下一個，就像一條鏈一樣。」

「可是怎樣確保沒有人會從中造假？例如……賣衣服的在易手前把潛艇裡的雞肉偷走？」

「你的問題很好，這就關係到區塊鏈的特徵：去中心化，點對點交易，和不能篡改，這三個特性是關鍵。說回剛才的例子，因為N鎮的每一個人，都會記下每一宗交易，而且三明治包裝紙上寫有前一宗交易的暗號，每一次三明治易手時，都會要根據之前寫的暗號和所有人記事簿中的條目比對。假設賣衣服的偷了潛艇裡的雞肉，當負責核實的人比對鎮上所有人的記事簿上的交易時，就會發現之前的都是雞肉潛艇，而賣衣服的交出來的三明治和大家的紀錄有衝突。越多交易，每個暗號的連繫就越多，那要壞的人要把所有暗號都改了才能成功，那是非常困難的，這種公開被核實、不能改寫的機制，就是區塊鏈。」

「妳說有一個人負責核實，那是怎樣去當核實的人呢？」

「對，因為人本質就是不能完全相信別人，所以需要一個達成共識的機制，你有聽過工作量證明 PoW（proof of work）和權益證明 PoS（proof of stake）嗎？PoW 就是比特幣中礦工……」

這時胡迪看了看錶。「啊，都這個時間了，對不起，我要回店裡了。總之，我只是個賣三明治的啦，這些高科技我不懂。不過為什麼要弄得那樣複雜？現在這樣不是挺好的嗎？而且這種什麼虛擬貨幣，都不知靠不靠譜，我兒子前陣子才好像發現有錢不見了呢！」說著他急步離開，差點忘了跟石小儒拿回那二十元。

「妳要怎樣賠償我啊？」袁尚軒笑著喝完他冷掉的咖啡。「把我的採訪搞砸了。」

石小儒瞪大著眼張開口，表情在說著：「你是認真的嗎？」

「剛才胡迪說的，足夠你寫一大篇報導啦。」石小儒環抱著雙臂。「好吧，作為賠償，我陪你做後續採訪！」

「後續採訪？」

石小儒站起來。「來，去找特雷爾！」

「為什麼要採訪特雷爾？」一路上袁尚軒問石小儒。涼風迎面吹來，他把外套的領口豎起，N鎮已經步入深秋了。

「你剛才沒聽到嗎？」石小儒翻了個白眼。「胡迪說尼霍克市場不接受N幣，那不是有點奇怪嗎？作為鎮上最大的商戶和分銷商，竟然不響應市政府的計畫。」

▌

拖著有點蹣跚的步伐出來的特雷爾頭髮有點亂，領帶從頸項鬆開，本來燙得貼服的襯衫已經有點縐。看到袁尚軒和石小儒的一刻，他立刻脹紅了臉。

本來正要回去報館找特雷爾的袁尚軒，突然接到特雷爾從警局打來的電話。他在大麻店「樂川」和店員發生爭吵，店員怕他搗亂便叫了警察。

「店員不是鎮上的人，不認識特雷爾才報了警，我們也不得不先帶他來局中平息事件。」程序上要人事擔保，特雷爾不想驚動家人，便聯絡同事袁尚軒，沒想到他和石小儒在一起，便跟著過來了。

「為什麼會去樂川找碴？」他們回到報館，袁尚軒不解地問，其他人已經回家了。本來他以為特雷爾不想給太太知道，但和警局的人聊起，原來他還是單身，仍是和父母同住。看來他不想驚動的「家人」，應該是他父親。

「前幾天超市分店出了事，」特雷爾在洗手間整理好儀容。「幾個工讀生打架，另一名員工表情呆滯，急症室的醫生一看就知道是服用過大麻，因為太不尋常，陪他去醫院的賽琳還堅持喬伊並不是那種會在上班時吸大麻的孩子，不過一檢測就證實了。」

本國好幾年前已經通過大麻合法化，和喝酒一樣只要成年就可以合法購買、擁有和使用大麻和相關產品。不過不像T市等大城市，N鎮在這個夏天才開了第一家售賣休閒用的大麻商店樂川。

袁尚軒和石小儒互相看了一眼，對從大城市來的他們來說，年輕小伙子好奇吸了大麻，在上班時鬧出事來並不是什麼新鮮事。

「你們不明白，喬伊不是那種人。而且，發生這種事，我們當然要調查，畢竟人事上我們也要對所有員工公平。後來我們發現，當天休息時間，喬伊吃了不知誰送給他的布朗尼蛋糕。我們懷疑，送的人在蛋糕裡加了食用大麻。」

「哈，名副其實的『加料布朗尼』，有夠老套。」袁尚軒笑，慘被石小儒白了一眼。

「布朗尼是誰送來的？」石小儒問。

「不知道，是賽琳收下的，她說是個年輕女孩，不是鎮上的本地人。她以為是喬伊的仰慕者而已，女孩說是她親手做的，沒想到是那麼卑劣的惡作劇。」

N鎮的大麻店樂川，是總部位於T市的全國性連鎖店，擴張到N鎮時，特地從T市調配一些有經驗的店員來，他們都是看來時尚又有活力的年輕人，店內的裝潢明亮簡潔，像高級水療美容店。賽琳說送布朗尼的女孩不是本地人，特雷爾直覺是樂川的店員，便跑去想找那女孩理論，但是當值的店員說不清楚那是誰，並拒絕把不在的女店員的聯絡方法給特雷爾——那是當然的——之後他們便吵起來。

「也不一定是惡作劇。」石小儒說。「在布朗尼中加入食用大麻，如果效力像你說那個程度，那個分量也不便宜，花那個錢對喬伊惡作劇，即使是仇人，也不大合理。會不會是喬伊不好意思說實話？」

「不會，我差不多看著喬伊長大，而且他說從沒有踏足過那店，我相信他。」

「特雷爾，」石小儒突然變得好認真。「如果不是衝著喬伊的惡作劇……」

特雷爾沒有作聲，只是在默默地整理領帶。

如果不是衝著喬伊而來的，那就可能是針對超市、甚至是特雷爾一家。

「咦？等一下，」袁尚軒像是想起什麼，他掏出手機找裡面的筆記。「你剛才說超市的工讀生在店內打架？高中生？」

「嗯，分店在高中附近，當時那裡除了喬伊等全職員工外，還有四名高中生在那邊輪班打工。」

「這樣啊……特雷爾，現在你不方便去查喬伊的事了，不如……我和小儒替你打聽吧。」

「真的？那會不會麻煩你們啊？」

「不會啊，」袁尚軒搶著說。「反正我來鎮上這麼久，還沒有去過那大麻店。」

特雷爾離開後，石小儒突然要袁尚軒送她回飯店。「你不會讓我一個女孩走夜路吧。」她說。

石小儒住在鎮上唯一的飯店，離報館只有幾個街口的距離，雖然步入深秋六點便天黑了，但街上還是有零零星星的行人，這個時間走大街並不會不安全——而且還在這種治安良好的小鎮。

「你嘴上說是幫特雷爾，其實是想挖新聞吧。」石小儒突然冒出一句。

「哈，被看穿了。」袁尚軒伸一伸舌頭，同時他知道到達飯店時並不要有任何期待，石小儒只是想問他幫特雷爾的事。「也算是順便吧，反正我也要採訪那些高中生。」

「誒？那幾個打架的工讀生？」

「嗯。胡迪不是說他把 N 幣都給了他兒子了，而發現不見了嗎？」袁尚軒叫出手機的筆記。「他兒子就是其中一個被偷了 N 幣的工讀生。」

▍

「你們知道嗎？喬伊有仰慕者呢！」霍華德邊整理貨架上的東西邊吃吃笑著。

「喬伊？那個土包子？」尼克從貨架上拿了包洋芋片，二話不說打開來吃。

蘭施和詹姆森也湊過來，從袋子中拿洋芋片來吃。

「喂！尼克你又拿店裡的東西！」霍華德沒好氣地說。

「不怕不怕，你說今天賽琳在代班不是嗎？她會讓我吃啦。」

「尼克對媽媽們最有辦法！」蘭施調侃著。

「才不是只有媽媽們！」尼克作勢要打蘭施。「任何年紀的女性都抵擋不了我的魅力。」

這天放學後霍華德要去超市尼霍克市場打工，他和尼克、蘭施和詹姆森四人從小學開始就是要好的朋友，進高中後四人一起選同一樣的學科、也一起去尼霍克市場打工。不過位於高中附近的尼霍克市場已有全職店員，他們四人每天輪流放學後在那裡幫忙直到店八點關門，工時短薪水也不多，但對還在念第十一班的他們來說，那足夠給他們當零用錢，而且他們也不想每天打工沒有自由。他們都喜歡在超市顧客不多時在店內閒晃，那裡的全職店員一般都不大理會，特別是有點怕事的喬伊。

「對呀，」霍華德像是在說什麼明星八卦一般。「剛才我進休息室放下書包時，喬伊在裡面吃蛋糕。好像是今早有女生請賽琳交給喬伊的，聽說還是那女的親手做耶。」

「對了，蘭施你那天傳N幣給我時，做了什麼手腳啊？」尼克吃完最後一塊洋芋片，隨手把袋子揉成一團。

「什麼手腳？」

「你傳N幣給我後，我的錢包少了一元，不過隔天又回復正常。」

「等等……尼克你也是？」霍華德站起來。

「喂！我才要問詹姆森！我也是少了一元。」蘭施指著詹姆森。

「你說什麼呀，我也不見了一元！不過後來它回復正常我便忘記了這回事。」

「是誰？」尼克盯著其他三人，他在咬著手指甲。「N幣是加密貨幣不是嗎？我在網上看過，那應該是很安全的，用什麼區塊鏈技術……」

「……對耶，我們傳N幣給大家時，不是有個驗證碼的嗎？」蘭施說。「如果你們誰做了手腳……」

「怎麼啦？」詹姆森看情況不對想打圓場。「後來不也是沒有少了錢嘛。」

「那是兩回事，」尼克說。「也許犯人只是在小試牛刀，看看方法可不可行。難保哪天犯人會偷更多錢……說不定，犯人正想淡化事件……」

「喂！你這是什麼意思！」詹姆森跳起來，推了尼克一下。「你是說我是犯人嗎？」

「我沒有說是你，你自己心虛嗎？」尼克也不甘示弱，也推了詹姆森。

「尼克！你以為你是誰啊！頭腦好一點便得意忘形！」蘭施站到詹姆森前面擋著尼克。

「唏！尼克也只是覺得可疑罷了，你們在急什麼？」霍華德捉著蘭施的肩。

「放開你的髒手！」蘭施甩開霍華德，並推開了他。

就這樣，從你推我撞開始，四人就開始打起架來……

「接下來我們開始打起來，之後賽琳就回來了。」尼克說著。

「是詹姆森先動手的。」霍華德指著詹姆森。

「如果不是你亂說話……」

「蘭施也有動手耶！」

「如果不是你偷了我的N幣……」

「我才沒有，我的N幣也被偷了啊！」

「我也是受害者！是誰偷了我的N幣？」

四名少年你一言我一語地吵著，石小儒好不容易才令這些小男生安靜下來。

「可以說清楚一點嗎？」石小儒問。「你們說什麼付N幣，又是如何發現少了N幣的？」

「我們……」詹姆森想說時，給尼克打岔。尼克就是胡迪的兒子，雖然只有十七歲，一頭短金髮的他長得頗英俊，而且看起來比實際年齡成熟。相比之下，詹姆森和其他三人都是棕髮，還長著一張大眾臉。

世界真是不公平，袁尚軒想。

「我們……我們四人常一起打電動嘛。輸了那個都會請其他人吃漢堡之類，自從有N幣後，便改為付N幣。」尼克說，不只有外型，說話還很有條理。「過去四個星期都沒有問題，但上個週末我們發現帳戶中的數目不對。」

「所以是輸了遊戲就要付錢……」石小儒說。

「我知道，那就像賭博。我們不會再這樣做的了。」尼克低著頭，看來有點歉意——只是看來。就是討「姊姊」喜愛的表情。

「哈哈，我不是學校老師，你不用那樣緊張。」石小儒笑著。「你們付了多少次錢？金額是多少？」

「四次，我們每人也付了一次，每次一百元。」

一百元？吃什麼漢堡要一百元？袁尚軒想，根本就是賭博。

「為什麼是一百元，付一百元給三人不是除不盡嗎？為什麼不是九十元？」

「啊，讓我給妳看。」尼克拿手機出來，並叫出了CHOK的應用程式。「呃，雖然這是我的CHOK帳戶，但是N幣帳戶錢包是我爸爸的，因為他不會用N幣，我們都是用爸爸或媽媽的帳戶錢包。妳看，我可以點選付款，再選擇多人，那就可以指定金額或百分比，如果點選『平均分配』的話，那就會自動計算百分比和金額。每次我們都是這樣做的。」

「可以示範一次給我看嗎？」石小儒問。

但那些男孩只是互相看著，表情有點猶豫。

石小儒翻了個白眼，然後從錢包掏出十元。「當是我請你們喝咖啡可以吧。」

尼克高興地收下那十元。「就這樣，在錢包裡點選發送，看到這裡有個說是

『多人』的格子嗎？點選了這個格子，就可以發送給多人。再點選『平均分配』，再點選『確認』，看！一個新視窗就會彈出，裡面有一個地址和QR碼，把這個利用CHOK的通訊工具傳給他們……喂，你們收到了嗎？」

「收到了。」蘭施說。

「嗯，我也收到了。」詹姆森也收到了，霍華德也點點頭。

蘭施點了那連結，那是一個訊息，說有人要給他$3.33，他點選了「確認」。在他的錢包裡，這筆交易標示為「待定」。

「唔……原來是這樣。」石小儒若有所思。「那你們是如何發現數目不對的？」

「其實也是偶然發現的。」尼克說。「因為每人也付了一次，然後從其他三人那裡收過三次，所以最後帳戶裡的金額應該沒有變動。」

「對。」石小儒點頭。付了一百元，再收了三次一百元的三分之一，結餘還是一百元。

「但是，我們每人的帳戶都少了一元。」尼克說，其他人都紛紛點頭。

「有沒有可能是系統出錯？」袁尚軒問。通常發生這種事時，一般都會先想到是系統的問題，而不是誰做了手腳偷錢。

「我們一開始也這樣想，」霍華德說。「所以我們問了他們，但是他們說系統沒有問題。」

「他們是誰？」袁尚軒追問。

「AA科技。」尼克在手機叫了個網頁出來。「在N幣的錢包中有連結，就是這家公司。」

「亞伯倫的公司。」袁尚軒在石小儒耳邊小聲說。不過石小儒好像沒有什麼反應。「那……可不可以說一下，你們平日手機放哪裡？」她問。

「沒什麼特別地方，哈，手機嘛，都是隨身啦。」尼克像是其他人的代表。

「那打工的時候呢？」出乎袁尚軒意料之外，石小儒像是一直窮追猛打。他想應該是因為其中一個可能是這些孩子把手機亂放，讓犯人有機可乘。

不過袁尚軒留意到，蘭施悄悄瞄了尼克一眼，像是有點心虛。為什麼？石小儒的問題也很單純和合理呀，袁尚軒想。

「你們要答應不跟其他人說啊。」尼克說。「超市規定上班時間是不能用手機的，私人物件都要放在員工休息室。不過休息室沒有私人儲物櫃，只是普通的櫃子，所以我們手機都會隨身……」

「休息室竟然沒有儲物櫃？」

「好像是怕麻煩，因為全職員工有時候會在總店分店兩邊走，打工的流動率也不低，好像以前有打工的不見了鑰匙，或是離職沒有歸還之類。所以之後乾脆不設有鎖的儲物櫃。」

所以他們都手機不離身，看來沒可能有人能趁他們不注意時在他們的手機動手腳。

「好，我明白了，謝謝你們提供資料。」石小儒站起來。「那我們也不阻止你們了，阿軒，我們走吧。」

少年們都像鬆了口氣地以最快速度離開，袁尚軒留意到石小儒一直盯著尼克的背影。

「怎麼了？姊姊對尼克有興趣？」袁尚軒本來只是想調侃石小儒。

「嗯，你不覺得他滿英俊嗎？而且說話也很成熟，不像小屁孩。」

「喔，是妳喜歡的類型？」袁尚軒的聲音聽起來有點認真。「比妳年輕的？」

「嗯，」石小儒微笑看著尼克離開的方向。「他的確是女孩喜歡的類型。」她說「嗯」！袁尚軒突然有點心虛，她真的是喜歡比自己年輕的嗎？

袁尚軒以為石小儒會和他一起去找亞伯倫，但石小儒表示她要先回去。

「你自己去採訪亞伯倫就可以啦，我不用去。有什麼特別的事再告訴我。」她說。「反正看來不是怎麼有趣的事。」

聽到《導航員報》的袁尚軒相約採訪，亞伯倫顯得十分樂意。即使沒有預約，但亞伯倫也邀請袁尚軒到他「ＡＡ科技」的辦公室見面——也就是之前諾亞去塗鴉的辦公室。

「據我所知，ＡＡ科技是昆恩特斯旗下的孵化器支持的初創企業，因此ＡＡ科技才得以用這辦公室不是嗎？Ｎ鎮的ＵＢＩ是和昆恩特斯以公私合營的方式推行，那究竟ＡＡ科技擔當了什麼角色？」

「你說得沒錯。」亞伯倫點點頭，一副沒有事情要隱瞞的樣子。「ＡＡ科技正在開發雲端服務平台，不過因為索妮亞是孵化器隸屬的創新科技部主管，在這個項目上她有權選擇合作的部門……或企業，所以她提出讓ＡＡ科技提供技術和服務支援。你應該也知道，昆恩特斯提供區塊鏈的技術、ＣＨＯＫ的平台和在上面用的錢包，而Ｎ鎮市政府提供的是……嗯，就是給民眾的錢。」

「那ＡＡ科技支援區塊鏈和錢包？」

「ＡＡ科技參與開發Ｎ幣錢包的介面，和後續給予行政和服務方面的支援，例如一開始用戶登記使用Ｎ幣的錢包時，用戶要提供一些個人資料、確認我們的服務契約等等，我們就是負責那方面的行政工作，當用戶遇上一些問題，會用

email或是用即時通聯絡我們，如果技術上解決不了的，便轉介給昆恩特斯的技術員。」

「所以你們是第一層支援的客服，或是……只是『傳遞紙條的人』？」袁尚軒低頭在平板上做筆記，只是目光向上盯著亞伯倫。

「哈哈，那樣說有點失禮——雖然嚴格來說那也是事實。」亞伯倫開懷地笑，不過袁尚軒看不出他是不是真的沒有感到冒犯。

「那……請問……ＡＡ科技最近有沒有和哪些人有過節？」

「一般商業上的競爭對手一定有……袁先生，為什麼你這樣問？」

「其實……」袁尚軒告訴亞伯倫有關高中生的Ｎ幣被偷事件。

「關於這件事，我是事後透過客服知道的。」亞伯倫完全沒有被袁尚軒的問題嚇倒，而且還像是有備而來。他滑著滑鼠，查看著筆電螢幕。「那是……十月十五日，客服收到查詢，說是在十月十三日，啊，那是長週末的星期六，嗯，十月十三日，那些小孩說不見了Ｎ幣，不過第二天便回復正常。」

「所以是系統出錯嗎？」

「不可能。」亞伯倫的目光從筆電移開。「Ｎ幣是建構在區塊鏈上的，你所說的系統出錯，只會發生在有中間人的體系中，例如銀行，我們常聽到銀行的電腦出錯，存戶的錢不翼而飛。但在區塊鏈中，這並不會發生，除非錢包的持有人遺失或是忘記了密碼，那就提取不到N幣，或是在交易過程中，有第三者獲取了驗證碼，但這並不像他們的情況……而且……涉及金額好像是……」

「一元，」袁尚軒說。「他們四人每人不見了一元。」

「而且第二天回復原狀。」亞伯倫強調。

「有可能是駭客嗎？」

「我說過，N幣是建構在區塊鏈上，駭客能夠偷走N幣，除非他拿到密碼。」

袁尚軒沒有再追問下去，他感到亞伯倫已啟動了「錄音機模式」，無論問他什麼也是同一樣的答案。

「袁先生，我聽說你之前是在T市的《紅葉郵報》，那你應該也對區塊鏈和加密貨幣有認識吧。我就開門見山了，我希望……你能寫一篇對N幣有利的報導。」

亞伯倫說，一個多月來，N幣的流動率偏低，有很多表面參與、但實際拒收N幣的商戶，而且因為N市政府接受N幣，所以不少市民選擇用N幣來繳交地稅或是各項費用，而且用戶的行動也低，這表示，透過用戶行為做成的N幣產出率也低。

「政府的目標，是通過利用區塊鏈上的產出，長遠可以減少政府對市民直接的資助，N鎮可以慢慢形成一套自主經濟生態。」亞伯倫說。

所以形式上就如政府提供金錢補助，希望刺激消費帶動經濟。但如果利用區塊鏈，政府的介入可以減低，也就是行政支出會減少。不過兩種方法也會面對同一個問題：如果市民拿了錢但沒有用，只是儲起來的話，那政府的支出便不能達到刺激經濟的效果。

「當然，作為帶頭人，市政府不能不接受N幣，但這樣做就導致這條貨幣鏈『斷了』，而市政府又不能強逼商戶用N幣，所以就變成下個月發放UBI的N幣。」

「嚴格來說，這不就只是減稅了？」

「你也看穿了！不過現在UBI只推行了一個月，最後的結果如何還是未知之數。唉，再看看吧，現在天氣還不算太冷，可能我們會辦一些推廣活動，親自指導用戶如何使用N幣的，讓他們有親身體驗，希望可以提高使用率。」

聽亞伯倫說著，袁尚軒想到，這個實踐的過程中，如果某些人的利益受損的話……

祖利安、索妮亞、亞伯倫，因為這個計畫，又再走在一起。這，是巧合嗎？

「那……你認不認識一個叫維拉迪、或是維拉迪米亞的人？不好意思，我沒有他的姓。」

「沒有姓氏我很難回答你，維拉迪是滿普通的名字。」亞伯倫說。「我在T

市有幾個認識的人叫維拉迪米亞，你找的人是哪一方面的？告訴我，那我可以告訴你我認識的是不是你要找的人。」

「嗯，是科技方面的。」袁尚軒隨便胡謅。「有人跟我說他對區塊鏈有研究，我打算在採訪中找些其他專家的意見。」

「那……其中一位是從事創投基金，不知道是不是你要找的人。」亞伯倫用手機叫出了 LinkedIn 的頁面，再把其中一人的頁面給袁尚軒看，袁尚軒記下那人的名字，雖然那也只是做做樣子，他不認為那是他要找的維拉迪。

「那……最後的問題，你記得亞烈謝嗎？」

「亞烈謝？」亞伯倫抬起頭。「亞烈謝……姓什麼？」

袁尚軒感到亞伯倫抖了一下，但他不確定自己有沒有看錯。「哥托夫，亞烈謝．哥托夫。」

「嗯，他以前住過這裡，我們曾經是同學，但他後來轉校了。」

「你記得真清楚呢，我的資料寫著他只待了一年。」

「他是俄羅斯人，三十年前這個鎮很少有移民。」亞伯倫又回復他的笑容。

「而且他頭腦很好，是高材生。」

「如此而已？」

「嗯。」亞伯倫點頭。「如此而已。」

他是有意隱瞞畢業舞會的事嗎？還是他早已忘記了？不過袁尚軒不打算提起。

「呃……他和UBI有什麼關係嗎？」亞伯倫有點困惑地看著袁尚軒。

「啊，哈哈，沒有，只是留意到你、索妮亞和祖利安是同屆同學，特雷爾給我看過校刊，不過我好像沒有在鎮上見過他。」

「特雷爾沒有跟你說亞烈謝只待了一年的事嗎？」亞伯倫也不笨。

「有，他說你們四人當年是好朋友。祖利安不也是高中就去了T市寄宿嗎？我以為你們還有聯絡。看你們現在不也是又走在一起了嗎？」

「沒有，亞烈謝小學畢業前生了場大病，連畢業典禮也沒有出席，之後就聽到他轉學了，不辭而別。」

■

「所以AA科技基本上是行銷宣傳公司。」石小儒吃著泡麵。「嗯，始終是亞洲的泡麵好吃，應該要向特雷爾推薦一下，在尼霍克售賣。」

本來袁尚軒和石小儒相約一起吃晚飯交換情報，但石小儒要加班完成手頭的分析工作，餐廳也關門了，便到袁尚軒租住的地庫公寓單位，袁尚軒家裡只有幾個從T市的亞洲超市買的泡麵。

「區塊鏈的去中心化，直接減低市政府的官僚開支。」袁尚軒開了瓶啤酒。

「我在想，如果因為有人因此蒙受損失的話，當然就會不想計畫成功不是嗎？」

「所以你認為有人衝著亞伯倫他們而來。」

「亞伯倫的AA科技是整個N幣對外的窗口，犯人首先攻擊他，就如那首詩一樣，要他面對N幣被盜的窘境。」

「不過最後尼克他們不是也沒有損失嗎？」

「犯人不是為錢，現階段只是給亞伯倫警告。那些少年也說了，說不定犯人只是小試牛刀，給亞伯倫一點警告，如果繼續推行N幣的話，下次就會是更大規模的攻擊。採訪完亞伯倫後，我打聽了一下，發現除了那四名少年外，還有不少人在同一天發現N幣少了，但因為第二天結餘回復正常，便沒有再追究。」

「不過發生在尼克他們四人身上，他們便對其他人產生懷疑，以為是對方做了手腳。」石小儒邊說邊在平板上不知畫什麼。「出問題的金額那麼小，警方也不會插手。罪犯都看穿這一點。」

「怎麼妳好像很了解似的。」袁尚軒看著石小儒畫的，一筆筆的像是枝椏的東西。「這是決策樹嗎？」

「不是。」

對，那些不是決策樹，只是一個有三隻爪的圓形，一共畫了四個。

「那這是什麼？」

「你知道『囚徒困境』吧。」

「知道啊。」袁尚軒敲著平板上的圖案。「這些和『囚徒困境』有什麼關係？和Ｎ幣被盜有關？」

「『囚徒困境』是最常被用來解釋博弈論的例子，本來互相合作可以達致最大利益，但在互不信任、不知道會不會被背叛的情況下，個人只有做出次等的選擇。

「和Ｎ幣被盜沒有關係。」石小儒伸伸舌頭。「只是想到些有趣的東西……為什麼那些孩子的賭注是一百元？」

「妳還在意那些小孩的事？」

「你不覺得他們和那個誤吃加料布朗尼的……那個叫什麼……喬伊！他們和喬伊那邊的事有趣得多嗎？」

「只是誤吃了食用大麻，這種事每隔一陣子便發生啦，喬伊又已經是成年人。只是意外罷了，又沒有犯罪，重要的是，大麻這話題有點過時了吧。」袁尚軒想的，

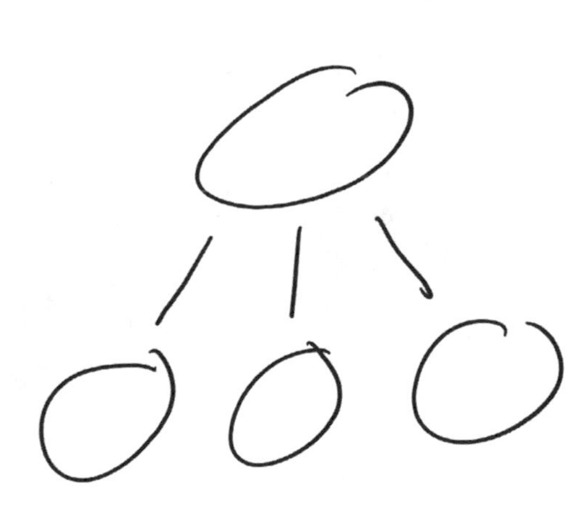

只是要寫一篇足以讓他光榮回《紅葉郵報》的報導，例如維拉迪在事件中的角色。

「你真的覺得N幣『被盜』背後有什麼陰謀？」石小儒突然認真起來。

「呃……我只是覺得，說不定系統有什麼漏洞，那市民不是有知情權嗎？作為記者，深入調查也是應該的吧。而且我認為，亞烈謝和維拉迪一定和這件事有關，妳不覺得太巧合了嗎？維拉迪提供的資料中，突然出現當年亞烈謝寫的那首詩，而剛巧當年聯手整過亞烈謝的三人——祖利安、索妮亞、亞伯倫，現在因為N幣又在N鎮走在一起……」

「阿軒，」石小儒把身向前傾。「你想利用維拉迪回《紅葉郵報》。」

「不要把我說得那樣功利，現在維拉迪很可能和UBI有關，而且如果牽涉私人恩怨的話，公眾有權知道真相，決定祖利安他們是不是還適合領導UBI和N幣這項目……」

「狗屁啦！」沒想到石小儒立刻回嗆他。「不要跟我說這些屁話，每個媒體有自身的立場，你之前去《紅葉郵報》工作，也是認同它的定位，而且你是……」

石小儒突然住嘴沒有說下去，但是袁尚軒知道，她是想說自己只是個出包被貶到地方小報的失敗記者。

一下子，公寓內的氣氛變得很尷尬。

「那，謝謝款待，我先回去了。明天見。」石小儒邊說著邊收拾吃完的泡麵。

「該死的！」石小儒離開後，袁尚軒一口氣把啤酒喝完。他氣自己竟然在石小儒面前那麼孩子氣。

應該送她回去飯店的，自己太沒風度了。

▌

第二天石小儒一整天都把自己關在辦公室內。

「喂，小儒今天怎麼了？」連特雷爾也發覺不妥。袁尚軒只是裝作不知道地聳聳肩，這時他的手機響起。

「阿軒，你要我查的東西找到了。」那是袁尚軒在《紅葉郵報》時使用的「鍵盤跑腿」，在一些只用鍵盤搜索調查的事都會用上他。幾天前袁尚軒叫他找維拉迪米亞有限公司的背景。「維拉迪米亞有限公司是本省註冊的，消費稅號碼都齊備，本來看起來沒有可疑。不過公司的股東都是有限合夥法人，董事除了那些法人就是一名T市的律師，並不叫維拉迪或亞烈謝。」

「有打電話過去律師那邊查詢嗎？」袁尚軒問。他心裡在想，利用有限合夥法人這種控股方式，雖然在機構投資者中很普遍，不過那也是隱藏背後股東身分的方法。

「沒有，不過我看過律師事務所的網頁，六十多歲的律師，名字也不是俄文名，我也搜尋了社交媒體，那個律師不像有未成年子女。」

如果維拉迪是公司股東但是未成年人士、或是因為其他原因不能出任董事的話，便需要由其他人出任，最普遍是找父母家人等，但調查已可以否定這可能性。

難道是亞烈謝一直利用維拉迪米亞有限公司，躲在背後伺機回來報復？

「對了，你給我的那個網頁，我調查了那些欄目，這個維拉迪也挺狡猾，他差不多每條欄目的ＩＰ也不同，我查了幾個，在全國甚至全世界不同的地方，所以我也沒再追查下去了。」

袁尚軒明白他的意思，就是維拉迪準是用了ＶＰＮ連上平台貼上那些欄目，用ＶＰＮ上線的話，就可以隱藏真正的位置，以前多是諮詢顧問、審計人員常常跑外務，但要連上公司內網而用上ＶＰＮ、或是純粹電腦宅不想被人知道所在地而用。不過隨著網上串流平台流行，而內容可能有地域限制，現在就連一般民眾也會利用ＶＰＮ觀看自己國內看不到的內容。所以當聽到維拉迪的貼文來自不同地區的ＩＰ，袁尚軒也理解追蹤下去沒有意思。

「不過呢，也不是完全沒收穫。」對方的聲音帶著一點點得意。「在九月十四日那天，維拉迪出了幾篇貼文，不過其中兩篇是相片。」

「啊！」袁尚軒已經理解了。「照片存有的元數據。」

每一張數位照片背後都記錄了和那照片有關的數據，例如拍攝的各種設定，日期時間，甚至地點的ＧＰＳ定位，這些稱為元數據的資料一般來說比ＩＰ地址較難偽造，所以利用照片的元數據確立維拉迪出現過的地方，比用ＩＰ地址更可信。對方說要再一點時間完成調查。

那兩張照片，一張是一棵大麻株，另一張是從某個窗戶往外拍的、停車場的夜景。如果找到拍攝時間和地點，就有可能查到誰在那裡——袁尚軒盤算著，說不定有意外驚喜。

五點稍過了一點，袁尚軒看到石小儒匆匆收拾準備離開報館，便趕緊追上去。起碼也跟她道個歉吧，他想。不過他一直不知道怎樣開口，只是一直保持著十幾呎的距離跟在她身後。走了幾個街口後，石小儒突然回頭。

「你跟著我幹嘛？」她抓著大衣的領口，鼻尖和兩頰也紅了，白霧從她口中冒出。

「呃……昨晚……對不起。」算了，做男人就要乾脆點，堂堂正正的不要婆婆媽媽。

「幹嘛道歉？」

「呃，就是昨晚讓妳生氣了。」被石小儒這麼一問，袁尚軒倒是發現他好像真的沒有幹過值得生氣的事。

「你沒有做過讓我生氣的事呀。」

「我……」

「有沒有做錯事，連這一點自信也沒有嗎？」石小儒的眼神突然變得銳利起來。

「喂！我只是希望可以讓我們之間的氣氛不那麼尷尬罷了。」袁尚軒雙手一攤。「如果道歉能解決的話。」

「如果你的道歉是那麼廉價的話，那就算了。」石小儒嘆氣。「試想想，你道歉，我說我接受你的道歉。但我會相信你的道歉是真心的嗎？而你又會相信我是真的原諒你嗎？建立在這種虛偽的言語上的關係，太沒趣了。最穩固的關係，是以行動緊緊扣連，達到最大的效益——不論是有形還是感情上的獲益，那有趣得多了。」

袁尚軒呆了，哪有女孩子不愛聽好話的？他知道那不是氣話，眼前的石小儒非常認真。

「妳在說什麼呀？照妳這樣說，感情、禮節都不重要嗎？」

「你說的是一種社會契約，但那是很糟糕、最脆弱的契約。」

看著袁尚軒的無言，她笑了笑。「你不明白就算了……」

「石小姐！」石小儒好像還要說什麼，不過突然有人叫住她。

從對面馬路跑過來的，是賽琳。

「唏！妳來了。」石小儒笑著跟賽琳打招呼，看來她們是約好的。袁尚軒立刻明白了，原來不知不覺他跟著石小儒來到了大麻店樂川。石小儒還沒有放棄追查喬伊的事。

「我想知道到底發生什麼事，我不相信喬伊會吃大麻食品。」賽琳握緊她的肩包，看來她有點緊張。

他們三人進店內，他們發現原來樂川已租下隔壁的店面，兩個店面已經打通，只是另一邊還沒有裝修好，有一道臨時牆壁隔著。

裡面有兩名一男一女店員。兩人看來都只是二十出頭，他們穿著雪白的運動裝束，男的把頭髮都向後梳成一條小馬尾，女的留著一頭長波浪鬈髮。

「不是她。」賽琳小聲地跟石小儒說。

「妳好！」石小儒走到櫃檯。「請問莎莉在嗎？」莎莉就是把有大麻的布朗尼給喬伊的女孩。

「啊，她最近調回 T 市了。」

「原來這樣，上次來的時候，她還給我介紹過一些可以當食材的大麻，例如烤餅乾時可以加入那種。」石小儒一臉困擾。「但我忘記是哪一種了。」

「沒關係，我可以為妳介紹。」女孩開朗地說著，然後開始介紹不同的產品。

賽琳是第一次進大麻店，那些五花八門的含大麻成分零食讓她大開眼界。

「這不是小熊軟糖嗎？」她拿著一包糖給袁尚軒看。「這裡面有大麻？」

「嗯，這裡，寫著有ＴＨＣ。」袁尚軒指著包裝上的標示。「簡單來說，大麻的主要成分是ＴＨＣ和ＣＢＤ，ＴＨＣ就是讓人嗨的成分。」

「所以吃了這個就會像吸了大麻一樣嗎？」

「唔……這個ＴＨＣ成分也滿高的。」

「看起來跟普通軟糖一樣嘛……你有沒有吃過？」

袁尚軒連忙搖頭。「沒有，雖然我有不少朋友吃過。」

「這……幾顆糖果四十元[2]！」看到標價的賽琳不禁瞠目。「可以買四份快餐店套餐了！」

袁尚軒苦笑。

在袁尚軒和賽琳聊的時候，石小儒在跟女店員打聽消息。「對了，我聽說喬伊常常來。」

「喬伊？」

「在超市工作那個男生，好像和莎莉很熟。」

「你們是什麼人？警察？」女孩突然警戒起來。「是有關派對的事？還是那個富家子來搗亂的事？」富家子就是特雷爾吧。

「啊，其實我是來Ｎ鎮出差的，和妳一樣。」說著石小儒掏出名片給女孩。

「妳說什麼派對？」

「喬伊和他的朋友是在九月中左右開始來的，他們三人大概每星期來一次，每人每次也只是買一包軟糖。」女孩用下巴指一指賽琳的方向。「就是她拿著的那款，本來我是要算正價的，但莎莉當一宗交易來算，我們的優惠價是一百元三包。」

女孩說，喬伊每次都是在莎莉也在看店的星期二才來，每次也有兩個朋友和他一起下午四點多的時間，不過陪他來的朋友也不是每次都那兩個人。因為總公司從T市調配了三名店員來打理N鎮的分店，除了公休日外，他們的排班是每個月有一天額外休假。

「莎莉是星期二的班，我十月第一個星期二休假，她則是第二個星期二有休假，那天剛巧喬伊就沒來了，只有他的朋友三人。」女孩笑著。「所以我們都取笑莎莉，說喬伊是她的仰慕者，是為了看她才來的。妳不認為嗎？他每星期來一次，每次也只買一包糖果。莎莉也對喬伊有點意思啦，畢竟喬伊也滿帥的。不過長週末後他們就沒來了，我看莎莉後來心不在焉的，便叫她不如去超市找他——他們來的時候都穿著尼霍克市場的制服。」

「我真的不明白妳們女孩子。」男孩突然加入。「喬伊算是帥嗎？」他翻了

2大約台幣八百八十元。

個白眼。

「你只是嫉妒。」女孩做了個鬼臉。

「那……和喬伊一起來的朋友，妳知道他們的名字嗎？啊，是這樣的，我們打算開派對，可能會提供那些糖果，不過我想確定客人們不抗拒這些……妳知道啦，當面問有點尷尬……」石小儒做了個為難的表情。

女孩點點頭。「我明白的，妳真的貼心。讓我想想……因為他們第一次來時，我們有查看過駕照……是克理斯和凱文。」

這時賽琳手中的糖果包跌了在地上。「對不起……阿軒，他們都是超市分店的全職店員。」

因為即使是合法，本國規定必須要成年人才能購買和使用，和酒一樣。所以大麻店會看顧客的駕照或其他身分證明核實年齡。

「對了，妳剛才說派對，是怎麼回事？」石小儒問。

據女孩說，鎮上一些年輕人，在十月第二個星期那個長週末的星期六辦了個派對，有些參加者帶了大麻去。不過兩名店員因為是長週末都回家去了，所以不清楚派對的事。

「那……有沒有哪一款是妳喜歡的？」女孩看著石小儒問。

「啊，那我先試一下這個吧。」石小儒從賽琳手中拿了那包軟糖，她看了一眼那道臨時間隔牆。「你們會擴充啊？何時完成？」

「哈，天知道何時，本來總公司好像是想擴充店面來做藥房小型超市之類，就像T市那些店一樣一站式生活購物，不過好像有些阻滯，好像是本地的商戶反對什麼的……好的，謝謝妳，一共四十元。請問是付現還是刷卡？」女孩好像想起什麼。「不好意思，麻煩可以看一下妳的身分證明嗎？」

石小儒從掏出口袋中的錢夾，把駕照遞給女孩。「呵呵，這是稱讚耶。」

女孩只是隨便看了一下，便把駕照還給石小儒。「程序上也要看一下的。」女孩也真老實。

這時袁尚軒發出爆笑，石小儒給他舉起了中指。

「咦？你們收N幣？」石小儒看到櫃檯的平板電腦旁，放著一塊差不多大小的廣告版，上面印著手機N幣錢包應用程式的介面，廣告寫著「分期付款，每期最低$5」，照片的手機介面上顯示著「$5」。「這個分期付款是怎麼回事？」

「嗯，總公司支持N幣，我們是第一批接受N幣的商戶。這個廣告就是那時做的，如果購物超過五百元，客人可以選擇用N幣分期付款，N幣錢包有個功能，只要設定例如每兩週付款五元，那到期時就會自動付款，不用每次也要啟動一次交易。」

有這個功能，一些定期交易，例如付房租、付薪水等，就可以方便地利用N

幣進行。

「咦？賽琳呢？」石小儒用信用卡付款後，突然回頭和袁尚軒視線對上時，他有點不知所措。

「啊，她先出去了。」袁尚軒留意到石小儒剛才一直盯著那廣告。

石小儒快步走出店外，看見賽琳站在不遠處。「我……不想給人看見我在那種店。」

「妳何時出來的？剛才她在講解怎樣用N幣付款……」

「就是那時出來的。」賽琳說。「反正我也不會用N幣，那些東西我不懂。」

「妳也是UBI的試驗者吧，那妳怎樣用妳的N幣？」

「交稅……還有就是給諾亞的零用錢。」

「諾亞？N幣不是只給成年市民的嗎？」石小儒問。

「CHOK可以讓任何人開通N幣錢包。」袁尚軒解釋。「即使小孩也可以……咦？」

「怎麼了？」

「對啊，小孩也可以開通錢包，為什麼尼克他們要用爸媽的帳號？為什麼不乾脆叫父母把N幣傳給他們？」

「既然諾亞也有N幣，為什麼妳不聽聽她講解啊？」沒理會袁尚軒，石小儒有點沒好氣地問賽琳。

「算了吧。」賽琳揮一下手。「那些新科技，那麼深奧又不方便，不過是祖利安的『新玩意』吧，像我這種媽媽級的，新科技的東西不關我的事啦。」

「那……」石小儒放棄了。「對了，喬伊和凱文、克理斯等人很熟的嗎？」

「還好……他們都是分店的全職店員，還有貝兒都是，不過我又沒有覺得那三個男生特別要好，起碼這是我第一次聽到他們工作外會一起。」

「嗯，我了解了。如果可以的話，賽琳妳可以幫我查一些東西嗎？」

「妳想查什麼？」

「替我查一下，九月和十月超市分店的排班時間表。」

賽琳到報館找石小儒的時候，剛巧所有人都出去了，只有凱拉和袁尚軒在。

「啊，我只是剛巧經過，我想看看她會不會想到什麼……」賽琳今早才來過把排班表交給石小儒。

「她出去了，我相信如果她有什麼會通知妳的……」

「呃……那天……石小姐買了那糖果，她……吃了嗎？」賽琳有點不好意思地問。

「沒有。她說下次回 T 市時給朋友。」袁尚軒懷疑那才是她來的目的——想知道石小儒有沒有吃含有大麻的糖果。

「石小姐真慷慨，我真的不明白，四十元一包的糖果那麼貴……」

袁尚軒嘗試轉換話題。「那之後妳有用 N 幣嗎？」

「啊，哈哈，我有叫諾亞教我，但太麻煩啦，付款時對方又要確認，才那一點錢……」

賽琳離開後，袁尚軒走進石小儒的臨時辦公室，桌上非常整齊，因為這只是普通會議室，門沒有鎖。每次石小儒離開報館都會把東西鎖在抽屜中。不過賽琳給她的排班表竟然放在桌上。

大麻店的女孩說喬伊九月和十月都是星期二去店裡，而在長週末前的星期二，也就是十月九日，喬伊的朋友凱文和克理斯最後一次到店裡。根據排班表，十月九日、十月二日、九月二十六和九月十九日，四個星期二都是喬伊、凱文和克理斯當班，而每次都加上一名高中生打工的，三名全職加一名兼職的配搭。而那四天，兼職的分別是蘭施、詹姆森、霍華德和尼克。只有星期二是全男班，其他日子都有女店員貝兒。

為什麼石小儒要看這個？

另一件讓袁尚軒在意的，是那天石小儒一直盯著那用 N 幣分期付款的廣告。她在意的，明明只是喬伊吃了加料布朗尼事件，對尼克他們的 N 幣被盜完全沒有興趣。那 N 幣的廣告有什麼吸引？

等等……那些像決策樹的圖案！

袁尚軒隨手拿起紙筆，憑記憶畫出那些圖案。那是有三隻爪的圓形，就像是三腳圓凳般，她畫了四個。袁尚軒畫好圖後，一直想一直用筆尖敲著紙上那些「爪」，直到那些「爪」的末端的點聚成了個小圓點。

「咦？」這些圖形，有四個點——頂端的圓形，和每隻爪的末端。

四個點、三隻爪。

排班表是一個高中工讀生和三名全職的配搭。

「大麻店那個女孩說，長週末前的星期二喬伊沒來，但是……」

如果是那樣的話……

尼克他們的 N 幣被盜，是他們四個人，每次付一百元。

廣告上那最初的 N 幣錢包介面上顯示的「$5」……

所以才會每人少了一元！

袁尚軒拿起大衣，衝出了報館。

要那樣做，因為……

袁尚軒看到石小儒和尼克從咖啡店走出來，便知道他猜對了。

而石小儒看到袁尚軒，雖然她臉上掠過一絲驚訝，但很快地露出笑容。不過袁尚軒搞不清楚，那是窩心的笑容，還是欣賞的笑容。

「你不是要寫成報導吧？」石小儒說。「我和他談好了。」

「妳覺得他真的會改嗎？」

「長週末後他們沒有再到樂川，可見他們只是一時貪玩。」石小儒笑了一聲。「尼克也只是想實踐他的計畫，看看是不是真的可行。」

「妳好像很欣賞他做的。」

莎莉和樂川那鬈髮女孩口中的「喬伊」，其實是尼克。

未成年的尼克和他的三個朋友，為了買大麻，在超市的員工休息室偷了喬伊、凱文和克理斯的駕照。賽琳說過，休息室的儲物櫃都沒有上鎖，要偷駕照不難。而他們每個星期二去，因為只有星期二，才會三個超市全職店員都是男的。而且他們要用父母的錢包，就是怕自己的錢包被標籤為「未成年人士」而被拒絕買大麻。

不過這行動有不少風險。

首先可能會被發現偷駕照，然後購買的時候也可能會露餡，而且只有三張駕照。即是每次只能讓三人去買。

於是尼克他們協議，當天負責偷駕照的，就不用進樂川。不過為了確保那人不會背叛，那人要先付一百元N幣給另外進店購物的三人。這樣出了什麼岔子的話，那三人都有另外那人付N幣的紀錄，也不能置身事外。

尼克連續去了三個星期，在最後一個星期二，尼克沒有進店，但是他傳N幣給另外三人。

「明明有四個人，卻只有三人的駕照。」袁尚軒笑。「店員竟然沒有發現。」

「本來最方便的方法，是相同三個人一直用那三張駕照，但因為每次是不同人去偷駕照，而且不進店的那人在必要時可能會背叛那三人，說自己沒有參與。為了公平，四人便輪流用三張駕照——也就是他們解決『囚徒困境』的辦法。尼克也知道這漏洞，例如在第一個星期，詹姆森用凱文的駕照，但第二個星期，輪到蘭施用凱文的駕照；第一和第二個星期霍華德用克理斯的駕照，但到了第三個星期，他不用進店，用克理斯駕照的是詹姆森。所以尼克在店內纏著店員們說話，讓她們鬆懈。到了第四個星期，店員們基本上也認得他們四人，雖然不是尼克用喬伊的駕照，但店員根本沒發現。」石小儒邊說邊在手機畫圖。

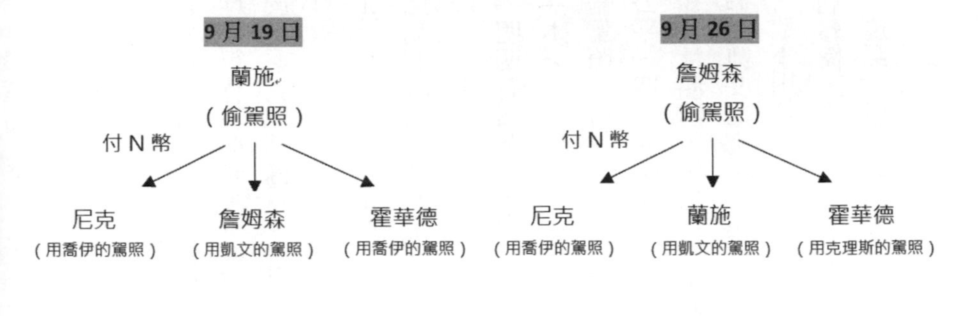
9月19日
蘭施
（偷駕照）
付N幣
尼克
（用喬伊的駕照）
詹姆森
（用凱文的駕照）
霍華德
（用喬伊的駕照）
9月26日
詹姆森
（偷駕照）
付N幣
尼克
（用喬伊的駕照）
蘭施
（用凱文的駕照）
霍華德
（用克理斯的駕照）

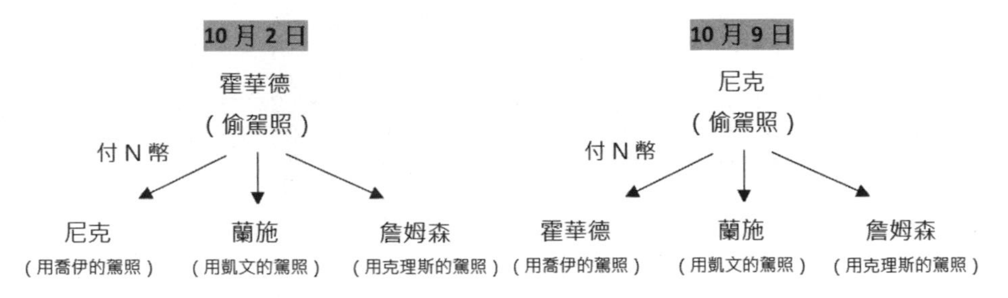
10月2日
霍華德
（偷駕照）
付N幣
尼克
（用喬伊的駕照）
蘭施
（用凱文的駕照）
詹姆森
（用克理斯的駕照）
10月9日
尼克
（偷駕照）
付N幣
霍華德
（用喬伊的駕照）
蘭施
（用凱文的駕照）
詹姆森
（用克理斯的駕照）

「不，我想那男店員有查駕照，所以在他認知裡，『喬伊』是別人，所以他不明白為什麼女孩們會覺得『喬伊』帥。」

不過沒想到，英俊健談的尼克吸引了莎莉，後來發生她送布朗尼給「喬伊」的事件。

「我覺得你最好不要寫成報導。」石小儒說得很直白。

「有許可的大麻店，竟然經營那麼草率，賣大麻產品給未成年人士。而鎮上的少年人，出於好奇竟然用那麼迂迴的方法，用偷來的證件買大麻，妳不認為這是鎮上的人會想知道的事嗎？」

「尼克有頭腦兼膽色。」石小儒笑著說。「我跟他說，如果他好好念完大學，跟我工作，我可以帶他去最瘋狂的派對——如果那時他還想的話。」

「那個小孩？」袁尚軒翻了翻白眼。石小儒竟然直接地稱讚尼克。「他做的是犯罪耶！」

「拜託，不要跟我說你沒有未成年喝酒？你從沒有超速駕駛？現在你是以什麼身分對尼克指手劃腳？而且，」石小儒走近袁尚軒。「你覺得這是能讓你回《紅葉郵報》的新聞嗎？你應該有更應該寫的報導吧？」

「對啊，N幣的漏洞……不，還是應該說是詐騙？」袁尚軒盯著石小儒的雙眼，不能退避，一避開她雙眼就輸了，他告訴自己。「尼克他們的N幣消失的原因，我已經想到了，並準備寫成報導。」

石小儒微笑著，帶著笑意的眼睛微微彎著，像是兩顆腰果仁。疫情的時候，大家都戴著口罩，為了在防疫期間也能表達關懷，不少宣傳教育大家用眼睛表達笑容。袁尚軒分不清，現在石小儒的眼神，是疫情後留下來的習慣，還是她真心的笑容。

還是……那只是因為看穿自己的嘲笑。

N幣負責公司指錢包漏洞是「無心之失」

年輕人的打賭，竟然是揭發N幣漏洞的關鍵。

阿瑟（化名）和三個朋友打電動時打賭，輸了的要請其他三人吃飯。為了方便，他們用N幣互相轉帳給大家，四局下來，四人各輸了一次，所以理論上N幣的結餘本應沒有增減，可是他們每人卻無端少了一元。

記者深入調查，發現早期N幣錢包的介面只顯示整數，小數點以後的並不顯示。所以當阿瑟把一百元轉給三個朋友時，每人錢包顯示的是$33而不是$33.33，四局後每人付了一百元，但錢包只顯示$99，一元就那樣不翼而飛了。

不過官方明顯發現了這個漏洞，在阿瑟發現少了一元N幣後，第二天結餘便回復正常，而且系統也更新了，自此顯示小數點後兩個位。

記者向負責的ＡＡ科技查詢，他們確認事件，但表示這是「無心之失」。「本來我們以為，整數的設計比較時尚，但原來有這個問題。」ＡＡ科技的負責人亞伯倫說。

Ｎ幣錢包還有一個功能，就是可以預設定期把設定金額傳給指定的收款人，例如每個月付一千元交房租給房東，房東只要確認一次，就如自動轉帳的功能，除了特定金額外，還可以設定成餘額，例如每個月五百元以上的餘額都轉給妻子。記者曾向ＡＡ科技查詢，假如有人一開始就設定把小數點以後的金額自動傳給某人，理論上是否可行？不過在截稿前還沒有收到答覆。

區塊鏈和加密貨幣的好處，是它們不能篡改的特性，但如果在源頭已經有問題的話——雖然這可能性很小——那之後再強的加密，也是徒然……

袁尚軒盯著筆電的螢幕，猶豫著要不要把稿子傳給班華——他並不滿意這篇報導。

我沒有蒙混過去，我沒有蒙混過去……袁尚軒一邊檢視稿子，一邊對自己說。在樂川看到舊的海報，才知道原來一開始Ｎ幣錢包的介面只有整數，而且用戶開通錢包前，都要同意ＵＢＩ測試的條款，袁尚軒推理，ＡＡ科技有機會在那裡使詐，表面上是服務條款，而實際上是同意ＡＡ科技把小數點後的餘額轉給ＡＡ科技。

不過ＡＡ科技堅持Ｎ幣消失只是設計的失誤，並沒有騙用戶把小數點後的餘額轉給自己。

而袁尚軒也沒有證據。

另一篇稿，是很平實的有關ＵＢＩ和Ｎ幣的後續報導，裡面有胡迪的訪問。還拿不定主意之際，袁尚軒感到特雷爾的視線，他連人帶椅子滑到特雷爾的辦公桌旁。

「怎麼了？」

「我收到維拉迪的 email。」特雷爾邊說邊把筆電移過一點給袁尚軒看。

Email 只是顯示著一句簡單的訊息——「非現金交易」。和之前利用像是討論區介面顯示那畢業致詞不同，這次是直接在 email 中顯示訊息。

那是什麼意思？袁尚軒想著。非現金交易……那是指尼克他們用Ｎ幣買大麻的交易？是指維拉迪也知道事件的真相嗎？他為什麼會知道？這辦公室安裝了偷拍鏡頭嗎？這個時候寄這個來，簡直像是在示威。

袁尚軒決定交出平平無奇的ＵＢＩ後續報導。

而這一切，石小儒看在眼裡。

那天晚上，她邀袁尚軒和特雷爾，到她下榻的飯店酒吧喝一杯。

「為什麼尼霍克市場不接受N幣？」石小儒冷不防對特雷爾丟出一句。

袁尚軒有點驚訝地看著石小儒，他沒想到她會那麼直白。

「我也不想啊。」特雷爾無奈地聳聳肩。「我爸不肯用N幣，他說天知哪天祖利安又不想搞了。所以他說不用花精力推行CHOK帳號N幣錢包。」

「哈，大家相信你們尼霍克市場多過政府呢。」石小儒喝了口雞尾酒。「對了，維拉迪那邊調查得怎麼樣？」

特雷爾嘆氣。「咦？不是已經證明了，N幣『被偷』的事和亞烈謝和維拉迪無關了？」

「難說唷。」袁尚軒狡猾地笑著把手中的啤酒喝光，接著打開手機的地圖。「我之前找人查過維拉迪在平台貼文的IP地址，不過那全是亂七八糟的，全國各地都有，看來維拉迪用VPN掩飾連線地點。不過給他找到維拉迪的疏忽，在九月十四日那天，維拉迪有兩篇貼文有照片，照片的元數據，竟然和貼文的IP一致，也讓我們追蹤到這兩個地方。」

特雷爾看著地圖上那一點。「這……第二張照片的地點不是昆恩特斯的數據中心嗎？也就是AA科技的辦公室。但是第一張……是哪裡來著？」

袁尚軒點點頭。「第一張照片，是九月十四日下午五點十六分拍的，地點是一個類似溫室的地方，而第二張，是晚上八點四十七分，在昆恩特斯的數據中心裡拍的。」

看到特雷爾一點不解的表情，石小儒看了袁尚軒一眼，袁尚軒示意她繼續說，她也回了他一個笑容：「九月十四日，就是諾亞去那裡塗鴉、但因為亞伯倫到了那裡而不敢離開那晚。諾亞在那裡從五點待到十點多，而根據這兩篇貼文，維拉迪五點十六分還在溫室那邊，而在晚上八點四十七分，他已經在數據中心，那他是何時、還有是如何不被諾亞發現而進去的？」

Chapter 3

消失的訊息

艾莉娜努力告訴自己，那只是一場惡夢，她已經從惡夢中醒來。

本來就不應該參加那個派對的。

十月的長週末前，N鎮高中生之間，流傳著會有一個秘密派對。有人在Airbnb租了離鎮上不遠的大宅一晚來開派對，單是門票聽說要一百元，不過艾莉娜當然不用付錢。約希和他的朋友們，老早就邀她參加派對了。約希在學校很受歡迎，可惜疫情後的新學期開始，他就沒有來學校上課，因為他的父母讓他和他弟弟傑克上T市私立高中的網上課程。不過他仍然常常下課後來校園找他的朋友玩。有幾次艾莉娜離開時碰上了他，他還對她友善地笑。

終於有一天，他跟她搭訕，不過是在CHOK上的生活討論區群組，就如社交媒體上的不同公開或私人群組，每個有不同題目，讓CHOK的用戶可以分享不同生活資訊，有人會貼餐廳美食照，有人會貼商店減價情報等等，疫情後因為旅遊限制，也有不少團購海外精品的群組。約希在N鎮生活群組給艾莉娜留言，那掀起了一陣話題，因為在群組中艾莉娜用的是代號，大家都在猜約希到底在追誰，而艾莉娜，因為約希竟然查到她在群組的代號，心裡甜了一陣子。兩人在討論區上一來一往地交換了不少訊息，因為是公開群組，他們都會用暗語，整個N鎮的年輕人都看著他們在搞曖昧，艾莉娜非常享受這感覺。她喜歡約希，不過她知道不能太著跡，要讓他再追一下自己，而且她也享受「約希在追的女孩」

這身分。

然後大家都在談十月長週末的派對，約希在群組中邀她去參加，她欣然答應。

不過當她乘約希朋友的順風車到達舉行派對的大宅時，才知道那是「大麻派對」，不知誰是主辦人，而參加的人也帶了各式各樣的大麻產品服用，艾莉娜認得場內大多是高中生，很明顯，他們是用假證件在鎮上的大麻店購買，或是請成年朋友代買。

而約希不知在哪裡，她走遍整棟房子也不見約希的蹤影。

她想回家。

這時載她來的那兩個男生走來坐在艾莉娜兩旁。

「約希呢？」她問。

「不知道，」其中一名男孩不置可否地聳聳肩。「下午時他私訊我，說會晚點來。」

「也許等他的阿姨外出吧。」另一男孩說，把手中的糖果遞給艾莉娜。

「這……是大麻？」艾莉娜猶豫。「這不是不合法嗎？」

「妳還沒拿醫生紙嗎？」看到艾莉娜一臉茫然，男生指著角落那小桌子。「那裡有自然療法醫生開的備忘，說這個是減壓療法。在這自由國家，我們有選擇療法的自由。」

「等一下再去拿吧，先吃這個。」另一男孩邊說邊把一包糖果遞給艾莉娜。

「不用擔心啊，分量很少，就像喝一罐啤酒的感覺吧。」

她吃了一顆，過了一會兒也沒有特別的感覺，她安心地又吃了兩顆。

不過沒過了一會，她開始有飄飄然的感覺，剛才因為緊張的繃緊感覺都沒有了，她沒有失去意識，只是覺得身體像是不受控制，一時整個人就像是在浴缸浸浴般放鬆，眼前的畫面也像是在蒸氣之中，一時她又覺得明明是昏暗的燈光，卻變成一閃一閃刺進她腦髓的強光。她看到約希的朋友不知對她說什麼，總之她就是笑了。她知道他們帶她上樓進了睡房，她知道他們笨拙地想脫她的衣服，但是她沒有拒絕，她只是覺得他們很滑稽，她只懂不停地笑。

她知道他們在摸她的腿、她的胸脯、她的腰……為什麼會覺得這都好好笑的？明明不是好笑的事呀，不是嗎？

突然有一聲刺耳的聲響傳到艾莉娜耳中，她認得那應該是手機收訊的聲音，不過那刻任何聲音都像是巨響。

「天！」在床邊的男生對著手機大喊了一聲，他推了一下已經騎在艾莉娜身上的男生，那人一時失去平衡，像葫蘆一樣滾到地上。

「幹！你有事嗎？」那男生爬起來。

「約希出事了！他私訊說在醫院，好像要住院！」

「他不會把我們這裡的事對他阿姨抖出來吧。」

「不知道……不如先回家再說。」

兩個男孩立刻離開房間，艾莉娜稍微能站起來，但也只能走到門口，把房門關上鎖好，自己則坐在地上，用身體頂著門不讓任何人進來。

她以為惡夢結束了。

當水從她頭頂上傾倒下來時，在廁格中的艾莉娜還來不及反應，她已經聽到犯人們跑出洗手間。

連笑聲也沒有。

從腳步聲艾莉娜聽到有三、四人，她通常都在午休完結前一刻上廁所，那些人是早有預謀的。有人在洗手間外阻止其他人進去，一人在旁邊的廁格把水瓶的水倒過來，其他人就在外面看熱鬧。

艾莉娜來不及追上她們，她們沒有發出半點聲音，根本不知道是誰。

午休後那節課艾莉娜沒有上，她花了大半節課的時間在洗手間內，用乾手的熱風機把頭髮和衣服弄乾，和回想到底是得罪了誰。

然後是儲物櫃的惡作劇。

那天早上艾莉娜一打開儲物櫃，一堆紙從裡面掉出來，明顯是有人從儲物櫃的門縫中一張一張塞進去的。當然鬧成那樣，其他同學都好奇走來拾起掉在地上的紙來看。

那是從艾莉娜的 Instagram 列印出來的照片，如很多高中女生一樣，艾莉娜會學明星的化妝穿搭然後擺姿勢自拍，她有一千多粉絲。

只是那些黑白列印的照片，上面用紅色麥克筆寫著——

「婊子」。

和家人說聲後，女孩獨自離開了家，向大街的方向走去。這天是週末，她一如以往約了朋友在大街的甜點店碰面。走了不遠，女孩感到有人跟在她後面。再走了幾公尺，女孩感到後面那人好像越來越近了。她不敢回頭，下意識地加快腳步，手伸進包包在找手機。

在她終於摸到手機時，後面那人用跑的追上她。

「呀！」她正要掏出手機，但被人從後推倒，手機也從手中甩了出去。那個人把她按在地上，還重重地摑了她一巴掌。

「艾莉娜？」女孩終於看清按著她的人，她想站起來，但再給艾莉娜推倒。

「妳以為我不知道是妳們嗎？」艾莉娜再給那女孩一巴掌。「把那些無聊海報塞進我儲物櫃。」艾莉娜在學校裡並不是沒有朋友，很快她便打聽到是誰幹的好事。

「對對對對對不起！」女孩舉起雙手擋著臉。「我我我都是不得已的！全都是瑪格特的意思！」

「我知道妳才不敢。」艾莉娜站起來。「為什麼瑪格特要整我？」艾莉娜非常清楚，眼前這女孩只是瑪格特的小跟班，也因為這樣艾莉娜才找她對質，艾莉娜才不敢貿然惹瑪格特。

「她說約希住院是妳害的！說要好好教訓妳。」

「什麼？」艾莉娜以為瑪格特只是因為她 Instagram 粉絲比她多而嫉妒，沒想到竟然和約希有關。長週末派對之後，她有聽說約希住院了，但因為約希本來就只是在網上學習，艾莉娜不知道約希在醫院待了多久。

聽到約希的名字，艾莉娜不禁想起派對那晚的事，約希沒來，而那兩個男生……

明明自己才是受害人，為什麼其他人會覺得是自己害了約希的？

「走！」艾莉娜抓著女孩的頭髮，拉著她往大街走去。

「您好，我想找諾亞。剛才我去他家找他但他不在，他母親賽琳說他來了這裡……」石小儒和特雷爾來到諾亞的朋友傑克的家，開門的看來是幫傭的大嬸。

「這……」大嬸有點猶豫。

「小儒！」諾亞跑到玄關請石小儒進屋。「媽媽給我打電話了。」

諾亞領他們到打電動的客廳，傑克和麥可也在，不過他們都沒理會石小儒，只是專注在打電動。

因為發現維拉迪最後連上平台的位置，是昆恩特斯的數據中心，而日期竟然和諾亞去塗鴉同一天，所以袁尚軒和特雷爾再向諾亞問清楚當時的情況。因為上次諾亞看來很喜歡石小儒，所以特雷爾拜託她一起去，希望諾亞會更容易放下心防。本來袁尚軒也想一起來，但是他要去採訪昆恩特斯有關N幣的活動。

「小儒，妳可要小心那個小色鬼。」袁尚軒半開玩笑地說。

而當石小儒和特雷爾到達諾亞家時，賽琳告訴他們諾亞去了傑克家玩，所以他們只好去大宅拜訪了。

「諾亞，我們有事情問你，你先來一下。」石小儒和特雷爾帶他到飯廳，幫傭大嬸給他們端了紅茶。「我想再問你那天去塗鴉的事，可以嗎？」

諾亞開朗地點點頭，看來那天的驚嚇並沒有對他有任何的影響。

「那天你騎單車，到達那你以為是荒廢建築物的時候，停車場有沒有其他車？」

諾亞肯定地搖頭。「雖然停車場只在建築物的正面，但是我有特地繞了一圈才塗鴉的，因為有時候會有車停在建築物後面的車道。」他得意地說。

「那時是幾點？」

「唔……我想想……呀！」諾亞從手機叫出當天塗鴉的照片。「照片不是會記錄時間嗎？我到達後繞了一圈，找個在公路上看不到的地方開始畫，畫倒不是用了很久，全部時間……大概三十分鐘左右吧。」

石小儒看記錄在照片檔案的資料，照片是九月十四日五時三十七分拍的，也就是諾亞大約五點過一點到達昆恩特斯的數據中心。「那你是離開時看到亞伯倫到達嗎？」

「嗯，我正要離開時看到他的車駛進停車場，便嚇得退回去牆的旁邊。」

「那你是看著他下車走進建築物裡？」

「對呀。」

「只有他一個人？」

「只有一個人。」

「那之後呢？還有其他人來嗎？」

「沒有，我一直盯著停車場，等待那個人離開，也沒有看見有其他人。」

「那個人幾點鐘離開的？」

「十點左右吧。」

「只有他一個人？」

「嗯，本來我想趁他進去後偷偷離開的，但他突然折回停車場，我看他應該是忘了手機在車上，因為我聽到他邊走邊講電話，說什麼『原來整個下午手機也忘了在車上』。我嚇得退回去不敢亂走，我在通風口蹲了好久，腿麻了便坐在地上。看了手錶是十點過一點，沒多久便看到那人出來了。」

根據調查，維拉迪最後連上平台，是晚上八點四十七分，但是從五點到十點，除了亞伯倫外，因為諾亞的「看守」，並沒有任何人進出數據中心。而再之前他連上平台的時間，是五點十六分，這個時候，諾亞已在數據中心外面。

某程度上，那是一個密室。那維拉迪是如何進入數據中心的？

石小儒邊思考邊無意地隨意四處看，這時她留意到在飯廳一角的花、禮物和心意卡。她走過去拿起其中一張，都是祝願早日痊癒的慰問卡。

「誰是約希？」石小儒指著上款的名字小聲問特雷爾。

「傑克的哥哥。」

「他生病了？」石小儒看那些禮物，都是布偶、泰迪熊，卡片下款都是女孩子的名字，看來應該在學校很受歡迎吧。

沒想到諾亞悄皮地笑著。「他啊，好像是被打傷了。傑克滿討厭他哥哥的，說他就是小惡霸，準是得罪人被打。自從他受傷後，都躲在家中，大概是沒臉見人吧。」

「他現在在家？」

「在啊！不過他都把自己關在樓上房間內。」諾亞看了看天花板。「所以我們才可以用大電視打電動！平日約希回家我們就不能玩了。」

「所以他現在沒有去學校？」

「他這個學年開始就沒有啦，和傑克一樣網上課程，他們家有錢，現在是上T市的私校。」不用諾亞說，石小儒從這大宅也可以想像。

這時門鈴響起，石小儒看著幫傭大嬸經過飯廳去開門。不過很快，她便聽到玄關的爭執聲。

「老闆不在，我拿不到主意的。」

石小儒和特雷爾走出去看，大嬸擋在大門前。

「女士，請不要讓我難做。」門外站著個警察。「請他跟我走一趟，他媽媽可以來警局接他。」

「他媽媽不在鎮上，他阿姨不在家，你也認識她——索妮亞，她好像在大街有什麼N幣活動。我只是個傭人，不如你等我一下，讓我通知索妮亞……」

「發生什麼事？」特雷爾問。

「啊，特雷爾。」門外的警察當然認識他。「我想請約希到局內一趟。」

「他犯了事嗎？」石小儒問。

「沒有。」警察答得很乾脆。「只是有點小事，其他當事人也在局裡，所以如果約希來局裡一趟釐清一些事會更容易。」

「什麼事？這個鎮上會有什麼案件？」石小儒的語氣有點重。「你也看到，屋內除了這家傭外，就只是小孩。既然沒有其他大人在，我不能讓你帶走他。」

警察嘆了口氣。「剛才發生了一宗打鬥事件，女孩子。我們把她們都帶回局裡，問話時她們提到事件源頭好像和約希有關。所以我們想問問他，搞清事件的始末。」

「約希一直在家耶，我可以做證。」幫傭抗議。「打架和他無關。」

「打架的是什麼人？你說是女孩子？」特雷爾問。他家經營的尼霍克市場聘請不少高中生去打工，所以認識不少鎮上的高中生。

「艾莉娜和瑪格特那一黨。」警察說。「看起來像是瑪格特她們給艾莉娜找麻煩，但艾莉娜也不是省油的燈。」

「是吃醋而起的爭執？」石小儒小聲問特雷爾，她想起那些禮物。特雷爾聳肩表示不知道。

「艾莉娜的事和我無關啊！」樓梯那邊傳來叫喊聲，一名少年站在樓梯上。那是石小儒第一次見約希。眼前的約希，穿著運動品牌的上衣和運動褲，看不出是睡衣還是家居服。他長得還算英俊，不過現在頭髮有點亂，而且黑眼圈頗深——準是通宵打電動吧——石小儒想。總之看起來就和一般十幾歲少年無異。

少年下樓時，石小儒才留意到他的傷——雙手前臂都包紮著繃帶，不過沒有石膏所以應該沒有骨折，他走下樓梯時小心翼翼，而且輕按著肚子，看來那裡也受了傷。

警察也留意到了。「事件的起因，就是瑪格特指約希是因為艾莉娜才受傷的。」他對特雷爾說。

撇開對技術人員的刻板印象，索妮亞真是滿有魅力的——袁尚軒想著，不自覺地拍了幾張索妮亞的人像照。

因為N幣使用率偏低，以索妮亞為代表的昆恩特斯，這個週末便在大街的小公園內搞了個推廣活動。而負責後續採訪N幣和UBI的袁尚軒，當然會以《導航員報》記者身分來。到達後他才發現，原來活動是和那大麻店樂川合辦的，因為樂川是鎮上最積極讓居民使用N幣的商戶，所以昆恩特斯跟他們合夥，年輕的店員令這個小公園頓時充滿了活力。

袁尚軒發現，除了之前在店內見過的馬尾男和鬈髮女孩外，還有另一名未見過的女孩，應該是接替莎莉的新員工。不過這些大麻店員工很低調，場內只有一個小小的攤位，上面放著他們店內售賣的產品資料，和一些目錄和大麻資訊的卡片，如果有人問，他們會講解如何「安全」使用大麻，但他們都沒有特別推廣，反而在教來參觀的遊人如何使用N幣錢包的功能，和怎樣利用CHOK得到新的N幣產出。

在這些年輕人當中，索妮亞穿著遊艇出海款式的悠閒服，雖然感覺很低調，但袁尚軒還是感到在人群中，她優雅地展示著高貴的氣質。袁尚軒調查過，索妮亞一家是N鎮望族，單靠家族基金已不愁生活，而家族成員也個個都出類拔萃，索妮亞的姊姊是建築師，嫁給家族旗下的地產發展公司的高層，兩人一起管理那方面的業務，也經常在全國各地巡視，只剩下兩個兒子約希和傑克在N鎮由幫傭照顧。索妮亞大學念電腦科學，在矽谷工作一段短時間後，便回國加入了手機製造商夫路茲，在公司給昆恩特斯收購後，是少數能繼續扶搖直上的夫路茲舊部。她本來是在研發CHOK的團隊，是當時負責人達素的左右手，幾年前CHOK的研發落後，到後來雖然獲得新一輪融資，但產品方向被大幅改變後，索妮亞離開那團隊，搖身變成新部門企業創新部的領軍人物。

因為UBI和在區塊鏈上的N幣，索妮亞回到了N鎮，和前男友祖利安和老朋友亞伯倫合作，有說祖利安得到昆恩特斯的協助，全因索妮亞在背後推波助瀾。現在她住在姊姊在鎮上的大宅，甚至兼當起兩個姨甥的監護人。袁尚軒在鎮上的家庭餐廳碰過她帶著約希和傑克用餐，看來感情不錯。

袁尚軒覺得，這一切都像是公關工程，為了N幣能順利推行，她想抹去昆恩特斯的大企業味道，要鎮上的人覺得是在協助「索妮亞」。毫無疑問，跟無能的祖利安和看來玩世不恭的亞伯倫相比，索妮亞討喜得多。

漂亮、聰明、幹練、俐落，看著索妮亞，袁尚軒想起石小儒。再過十多年，石小儒也會是這樣嗎？

不，雖然連外型上石小儒的確有點索妮亞的影子，但石小儒給袁尚軒多一層特別的感覺，以影子來比喻，如果索妮亞是電燈泡映出來那結實的影子，那石小儒就是透過洋燭的火光，那種搖晃顫抖的影像。

那種不能完全知道石小儒在做什麼想什麼，那不穩定感。

但也是那種感覺，讓袁尚軒的視線一直不自覺地追隨著石小儒的身影，他好奇接下來她會做什麼呢？

自己……有沒有可能追上她？

「來這個鎮上這些日子，我看今天最有活力了。」袁尚軒趁著索妮亞有空檔時跟她說。「很熱鬧的活動，看來很成功？」

「謝謝。嗯，看起來是。希望大家能對N幣有多點認識。」

「索妮亞，告訴我，為什麼昆恩特斯會參與這計畫？」袁尚軒問。「N鎮政府付了多少錢？」

「科研成果並不是用錢可以量度的。」索妮亞笑著。「我們只收了N鎮政府行政和服務費，我負責的創新部有那個預算，就當是科研開支。」

「不過為什麼昆恩特斯會和大麻店合作？」袁尚軒環抱著手臂。「那不是有點爭議性嗎？畢竟大麻是毒品……」

「『產品』。」索妮亞笑著糾正他。「在這國家可是合法的。時代不同了，每個人有他的自由，我們要尊重個人自由喔。」

「這些害人的東西！」這時有人從對面街喊。

袁尚軒回頭，一名老人氣沖沖地走過來。從老人臉上的皺紋看來，應該有七十歲，但是他走起路來很有精神。

「科恩叔叔。」索妮亞的聲音有點無奈。

「哼，尊重尊重，妳還會懂得尊重我這老人嗎？」

科恩？袁尚軒恍然大悟，眼前這個老人就是特雷爾的爸爸。而且他知道為什麼老科恩那麼生氣，活動所在的小公園，正正在尼霍克市場斜對面。而眾所周知，尼霍克市場並不支持N幣，到現時為止還不接受顧客使用。

「科恩叔叔，請不要這樣說。你一直也是我尊敬的人。」索妮亞說。

「那妳幹嘛在我店外示威？」老科恩指著公園內拿著手機的人。

「什麼示威？這是給大家講解怎樣使用N幣耶！」

「教大家用N幣來買大麻嗎？」

「科恩叔叔，時代不同了。如果正確使用的話，這是安全的休閒減壓用品。」

「這是毒品！」

「唏，你不能用這個字。」索妮亞突然正色。「這是很不禮貌的。」

「時代時代，一句時代不同什麼都可以了？」老科恩指著索妮亞身後的大型廣告板，上面印著 N 幣的標誌。「什麼比特幣以太幣 N 幣狗狗幣，都是包裝得漂亮的東西而已。」

「你不懂就不要亂說話。」

「我哪有不懂？根本就是你們大企業在坑錢！政府在推什麼新玩意來給自己臉上貼金！」

「不！你不懂！區塊鏈關鍵是去中心化，不是政府決定，而是通過一個去中心化的機制來產出。這是劃時代的新科技！你連這點也搞不清楚，就只是在指摘！簡單來說，你經營超市，不過也只是個中間人，憑什麼通過超市採購而決定我可以買到什麼水果什麼肉！你的店遲早會被淘汰的！」

袁尚軒在一旁，悄悄拍了幾張照片，拍下了索妮亞和老科恩爭論的情景。

這時其他人開始留意到老科恩和索妮亞越吵越大聲，也紛紛走過來。有些十幾、二十歲的年輕人起哄指責老科恩。

「老人來找碴！」

「社會就是給這種賺盡好處的人霸占著，只不過是幸運地比我們早出生，憑什麼在教訓人。」

「對呀！憑什麼！」

雖然身為記者，而且其中一方是同事的父親，袁尚軒不應出面，但看著老科恩被圍著指罵又有點看不下去。在他還在想怎樣幫老科恩時，索妮亞的手機響了。

「我是索妮亞。什麼？好好，我現在回來！」語音未落她便向她的車子跑去。這時超市的經理和幾名員工也走過來，把老科恩拉走。

袁尚軒跟著索妮亞。看來終於有有趣的事了，他想。

▌

「為什麼你會來？」石小儒問袁尚軒，順便給了他一個責備的眼神。「你不是採訪N幣的活動嗎？」

石小儒、特雷爾和袁尚軒坐在廚房的中島旁，喝著幫傭給他們泡的紅茶。索妮亞在活動中途接到電話後便匆匆離開，袁尚軒一路跟著她，原來她急著回到姊姊的大宅，而石小儒和特雷爾也因為要找諾亞而剛巧在大宅內。

「我以為索妮亞要處理什麼N幣的危機嘛，怎知道她是要回家？」

因為警察突然登門，要帶約希回警局處理一宗女生打鬥事件，因為約希父母在國外，幫傭只有通知約希的阿姨索妮亞。

「警察先生，我不明白為什麼你要帶約希回去。」索妮亞陪著約希在客廳，警察也被邀進屋內，傑克和諾亞他們繼續若無其事地在偏廳打電動。「他是未成年人士，警方在未通知家長的情況下帶他到警局，是要玩什麼把戲？」

「不要說得這樣嚴重。」警察無奈地攤攤手。「只是帶他回去，和那些女生當面搞清楚誤會罷了，小孩子的事讓他們自己談……」

「對啊，讓他們自己解決，不用在警局。」

「那些女生在街上打架，有人報了警。而事件是因妳姨甥而起，我沒理由不找他問問吧。」警察看著約希。「約希，究竟發生了什麼事？你的傷是怎麼回事？」他把他的警察筆記簿放在茶几上，示意不記錄。

「十月那個長週末，有個派對，我邀請艾莉娜和我們一起去。本來……本來是我和另外兩個朋友開一輛車去接艾莉娜的，但是那天早上，她在群組給我留言，說想在派對前和我有獨處的時間，並約我晚上七點鐘在二號公路底下那段小徑見面……」

聽著約希說著那天的事，特雷爾小聲說，那是離大宅不遠的散步小徑，沿途經過森林池塘，景色不錯，有一小段剛好在高架公路底下，有時候有些不良少年會在那裡喝酒，或是小情侶愛到那兒約會。

「聽到女孩約自己去那裡單獨見面，約希恐怕只是看到那簡訊就已經硬了。」袁尚軒小聲地開玩笑說，不過只有特雷爾笑。

「我還沒到七點便到達，那時天已經黑了，我等了一下，然後……突然有人從我身後襲擊我。那人好像拿著棒球棒，先是打我的腿，我一時失去平衡便跌在地上，那人繼續打我，他想打我的頭，不過幸好那人動作慢，被我擋下來了，然後他用力打了我的肚子，這裡。」約希指一下肚子左邊，石小儒之前已經看到他下樓梯時按著那裡。「之後……那人便離開了。」

「就那樣？」警察揚一揚眉。「你有沒有看到襲擊你的人？」

約希搖頭。「沒有。一切來得太快，我沒有看到他的臉，而且，他穿著連帽外套……帽子套在頭上……也戴著口罩。」

「除了襲擊你外，那人還有沒有搶去你的財物？」

「沒有！」約希突然坐直了身。「那人沒有搶去什麼。」

「那……為什麼你會認為艾莉娜和襲擊有關？」警察問。「瑪格特說你指艾莉娜就是襲擊你的人，所以她們才會去找艾莉娜麻煩……」

「呃……我……我只是很隨意地向瑪格特抱怨了一下而已。」約希有點防備。

「那不是在CHOK上的公開群組嗎？如果她在那裡給你留言，不是誰也能看到嗎？」警察問。

「因為、因為沒有人知道我約了艾莉娜碰面啊，那除了她還有誰？」

「呃……因為我們用了暗號啦。我們叫那裡做『秘密花圃』，因為我曾經和她在那裡約會，我特地提前在那裡的水泥柱上畫了花束，艾莉娜不知多高興。」

袁尚軒別過臉在笑。「只有小女生才會上那種當。」

石小儒側著頭輕托著太陽穴。「才不是呢，女人到了某個階段，雖然什麼花也可以買到，但是她還是願意花時間給她畫花束的人。」她說。

袁尚軒感到不是味兒，是自己還不夠了解女人嗎？又在石小儒面前表現孩子氣了。

「那……可以讓我看看艾莉娜給你的留言嗎？」警察問。

「嗯。」約希拿出手機。「咦？留言不見了。」

「啊，是不小心刪除了吧。」警察說。

「不可能。」約希堅持。「我沒有刪除過，而且在ＣＨＯＫ的群組上的留言是不能刪除吧。」

在廚房的石小儒三人不約而同地互相看了大家一眼。

「這可有趣了。」石小儒小聲自言自語。

「新來的小雪人
被無視　被無視
訊息都丟了　消失了　消失了」

亞烈謝當年的畢業致詞，利用了一首童謠來控訴索妮亞他們。童謠的第一段——

「新來的小雪人
被欺騙 被欺騙
錢都丟了 消失了 消失了」

之前發生有關Ｎ幣被盜的事，情況就如童謠中，小雪人的錢被騙而消失了的。「消失的Ｎ幣」牽涉了亞伯倫，現在於索妮亞身邊，又發生了「消失的訊息」事件。是巧合嗎？還是真的有人衝著索妮亞他們而來？真的是亞烈謝回來報復？

▌

老科恩細心地檢查蔬果部的貨品，這是他每天的習慣。
不是信不過自己的員工，只是給顧客高品質新鮮的食材一直都是他的使命。
「不能一直吃加工食物啊，上帝賜給我們土地，要好好懷著感恩的心吃從那土地產出的食物。」他常常對員工說，彷彿他對鎮上的人的飲食有責任似的，所以每天快到五點的時候，他都會習慣看一看貨品，因為不少在職婦女都會下班後來尼霍克市場買晚餐的菜。在那一個個鮮紅飽滿的番茄前，他嘆了口氣。

他想起那天索妮亞說自己不過是個中間人而已。中間人？而已？五十年來，自己像是為自己家人買菜般為超市採購，換來是給人質疑「憑什麼」？

這時他看見經理匆匆在自己面前走過。

老科恩沒有很在意，他和員工就像一家人，並沒有要求員工要對自己打招呼，因為他明白超市內很多事情要處理，這些比和老闆打招呼都重要。

沒多久，他留意到收銀櫃檯那邊傳來的騷動，剛才經理跑過就是趕著去處理吧，他想。本來一般他都不會干預經理工作，但是聽來事情久久未平息，那有點不尋常，老科恩便走過去看過究竟。

「為什麼不可以？這太無理了！」站在其中一個收銀櫃檯旁，是一名大約二十出頭、舉著手機的女孩，老科恩看她一身正正經經的休閒服，頭髮也是天然髮色，不像是會找麻煩的不良少女。

「發生什麼事？」老科恩問經理。

「這位小姐說要用 N 幣付錢。」經理無奈地說。「我們都跟她說了，我們不接受用 N 幣付款，但她就是堅持要用 N 幣。」

老科恩看看女孩要買的東西，一瓶新鮮果汁、酪梨、全麥麵包和乳酪。

「小姐，不好意思，我的經理已經跟妳說了，敝店不接受N幣，我們的系統不支援，真的很抱歉。」老科恩一臉抱歉地跟女孩說。看她也斯斯文文的，應該可以講道理吧，而且通常推到系統問題的話，一般顧客都放棄的，雖然那只是藉口。

「你當我是白痴啊？」沒想到女孩一點體諒的樣子也沒有。「我看了網上介紹的影片，只要裝個簡單的應用程式就可以了，你這擺明就是歧視啊。」

誒？老科恩不禁吃了一驚。歧視？他看清楚那女孩，不是少數族裔，雖然是女孩，但職員與女孩之間隔著疫情時就安裝的透明隔板，絕對沒可能有任何身體接觸。畢竟經營那麼久，老科恩也知道怎樣不觸及紅線。

「小姐，我們哪有歧視妳啊？」

「你們的行為讓我感到不舒服。」女孩理直氣壯。「我有權選擇我喜歡的付款方式，你不能拒絕我的要求，你們有責任要包容我的需要，因為我用N幣而被你這店排除在外，讓我覺得自己的權利被侵害，這很不公平，令我覺得很受傷害。」

這是什麼歪理？看女孩好像覺得自己說得很有道理的，但老科恩卻一點也聽不明白，此刻讓他擔心的，是在室溫擺著的果汁和乳酪。

「不如這樣吧?」老科恩投降了,他看一看收銀機顯示的總數,沒想到她也是想占便宜的。他看著在收銀機旁的年輕店員:「妳這裡買了一共稅後十一元四角,艾力你有N幣吧?小姐妳把五元N幣傳給他,艾力再替妳買好嗎?艾力,不用擔心,我會付你全數的。」

叫艾力的年輕人只有呆呆地點點頭。不過女孩可沒有同意。「你這是什麼意思?我不是沒有錢,我才不會貪你那小恩小惠!」

「那妳想怎樣?」老科恩壓抑著怒氣。

「我只是想用N幣付錢而已。」女孩繼續理直氣壯地說著。「你們憑什麼拒絕?」

憑什麼。

憑什麼。

憑什麼。

憑什麼!

「夠了!都說了不接受N幣了!妳這母狗不要在這裡撒野!」老科恩終於按捺不住。「走走走,我不做妳生意!」說著他從輸送帶上拿走貨品。

女孩悻悻然地離開。那時老科恩以為,那只是一件失去了十元生意的小事而已。

然而，事情往完全出乎他想像的方向發展。

蘭施和霍華德換好運動服，正在體育館內做熱身運動，這天他們不用去尼霍克市場的分店打工，不過現在也算是工作，因為尼霍克市場贊助鎮上的小學生組織課外活動，他們負責當籃球隊的教練，尼霍克市場付薪水給他們，也贊助球隊的球衣，鮮綠色的球衣上醒目地印著尼霍克的名字。

「喂，有點不對勁。」蘭施說。「怎麼那些小鬼今天都遲到了？」

「對耶……」霍華德也發現了。「會不會是小學那邊有什麼事遲了放學？」

「不會啦，小學比我們早放學嘛。」

「也是……」蘭施開始練習投籃。「幸好今天不用去尼霍克，聽說分店也有人去抗議。」

「布麗琪把影片放上網了。」霍華德嘆氣。「整個鎮也看過了吧。」

布麗琪幾天前去尼霍克市場買東西，因為堅持要用 N 幣付款，和超市的人發生爭執，連老闆老科恩也出面想調停，但最後連有名好好先生的老科恩也被惹火了，罵了布麗琪並趕了她出店。

不過原來布麗琪把過程都用手機錄影下來，並發布到網上，影片中老科恩脹紅了臉，很兇地罵布麗琪「母狗」，之後影片接了布麗琪在家就事件發表的意見，影片的題目就是「有想法的女子不是母狗」。

「N幣是政府認可的，尼霍克作為鎮上最大的超市，竟然不接受N幣，完全是資本霸權，是粗暴、不可理喻、排外的表現，根本就是歧視使用N幣的市民。作為N鎮土生土長的人，我覺得很受傷。」影片中的她憤憤不平地說。「而且把有主見的女子等同母狗，充分顯示科恩對女性的刻版印象、敵意和歧視。」

「說老科恩歧視也太過分了吧。」蘭施繼續投籃。「經理說了，他們一直給布麗琪解釋，甚至願意給她折扣，她都聽不進去，就一直要付N幣，才把老闆惹毛，那只是一時氣話，我也有用那字罵過人吶。」

「呀，你們在這裡啊。」進來體育館的是這社區中心的管理人。「練習取消了你們不知道嗎？」

「取消了？誰說的？」霍華德困惑著。

「校長啊。」他說的是小學的校長。「你們沒看到嗎？」他把手機遞給霍華德看。

那是N鎮小學的推特，置頂的是分享《導航員報》網路版新聞的連結，推特寫著「N鎮沒有任何容許排外的空間」，而分享的新聞連結，標題是「小學校長割蓆，回絕贊助」，內文是老科恩的好朋友、N鎮的小學校長在球賽被問及尼霍克N幣事件，出乎眾人意料之外，校長和老科恩劃清界線，強調自己擁戴多元包容性，學校也即時開始取消由尼霍克市場贊助課外活動，現正物色更符合N鎮價值觀的贊助人。其中有可能的贊助人，是昆恩特斯，和樂川。

在霍華德和蘭施準備離開體育館時，管理人正在拿著舊的《導航員報》報紙，用來蓋著體育館門外、刻著老科恩名字的捐款牌匾。

■

「你來了！」亞伯倫熱情地跟袁尚軒握手。「唏，特雷爾你也來了啊。」

特雷爾微微點頭，最近因為尼霍克市場的事，大家對特雷爾的態度也有不同，彷彿連他也被貼上了「排外」的標簽。袁尚軒也感到亞伯倫的表情和語氣都在調侃特雷爾。

這天他們來到昆恩特斯的數據中心，也同時是亞伯倫的AA科技辦公室，名義上是採訪N幣背後的「大腦」和針對「消失的訊息」作後續調查採訪，實際上他們是想潛入去調查。維拉迪在九月十四日先是五點十六分在N鎮外圍拍了照片上傳，而之後八點四十七分在這數據中心內，可是根據諾亞的說法，他五點左右到達數據中心塗鴉，而他一直在建築物外待到亞伯倫在十點多離開。

那維拉迪是怎樣進去數據中心、又是怎樣離開的呢？

石小儒、袁尚軒和特雷爾，討論過不同的可能性，最大的可能性，是數據中心內有密道，維拉迪通過密道潛入了昆恩特斯的數據中心，所以他們就決定去數據中心調查。不過當然他們不能一進去便像是特工一般，到處找尋密道，他們以採訪為藉口，到ＡＡ科技的辦公室，也就是數據中心，訪問亞伯倫有關Ｎ幣背後區塊鏈的運作。本來袁尚軒打算一個人去，但石小儒硬要特雷爾也一起去。

「在之前的採訪提過，Ｎ鎮選擇利用區塊鏈，因為那可以舒緩政府的負擔，市民可以通過各種行為得到Ｎ幣，我想這點有很多人都不明白，不如你先給讀者們解釋，究竟Ｎ幣怎樣可以無中生有的？是不是像比特幣一樣，要當『礦工』？」袁尚軒開啟錄音後便進入訪問。

不過亞伯倫竟然轉向特雷爾：「特雷爾，你認真的嗎？特雷爾．科恩竟然問這種入門問題？你……」

「那ＡＡ科技的亞伯倫是不懂回答嗎？」不待亞伯倫說完，特雷爾回嗆他。

亞伯倫乾咳了一下。「Ｎ幣的產出，是立基於智能合約，只要符合智能合約中所定的原則，系統就會自動產出新的Ｎ幣。」

「喂，智能合約只是電腦程式好嗎？」特雷爾冷笑。「就只會唬人。」

「我只是用正確的用詞，說唬人的話，你們那些『餡餅屑人』……」

「呀，亞伯倫不如你當是什麼都不懂的給我解釋吧。」袁尚軒搶著去解圍。

「誒？你說『餡餅屑』？」

「哈？」亞伯倫瞪大眼睛。「你不知道特雷爾是『餡餅屑會』的成員嗎？」

果然，袁尚軒其實也猜到，從那大學計算機科學系畢業的，十之八九也是成員。

「好啦，阿軒，我先講一下智能合約吧。說穿了，智能合約就是用了一個花稍名字的程式，它的運作就好像合約一樣。一般的合約，例如我和你簽訂買賣合約，我跟你買……那把雨傘。」特雷爾指著放在角落的雨傘。「傳統的買賣，我付你錢，你收到錢後把雨傘給我。如果是智能合約，例如那是無店員的雨傘店，這把傘會有一個鎖，可能是密碼鎖，當你付了錢、例如N幣，店家收到錢後，你會被通知用手機掃描你想買的傘上的QR Code，或者你會收到解鎖的密碼，解鎖後才能打開傘。」他一邊解釋一邊比畫著。

「唔……這我明白，但如果要區塊鏈產出N幣，那它怎樣知道條件成立？」

「這牽涉到區塊鏈上另一項元素——『公證人』。簡單來說，就是連繫區塊鏈和區塊鏈外的世界的東西。」亞伯倫拿出自己的手機，並叫出了CHOK的應用程式介面。「使用者的行為都會登記在CHOK裡面，例如我在圖書館當義工，當我在CHOK上打卡在圖書館，然後有管理員在CHOK上認證我的工作，那區塊鏈上的智能合約就會通過讀取CHOK的數據，知道我已經符合得到N

幣的條件，然後區塊鏈就會根據智能合約產出 N 幣。」

「等等……回到剛才買雨傘的例子。」袁尚軒說著，但他的雙眼漫無目的地盯著前方，明顯是在思考。「你知道……在現實世界，如果下雨的話，店家都會提高雨傘的價格，如果是智能合約，又可以怎樣執行？」

「哈，這個問題很有趣。」亞伯倫挺直身子。「你提出的假設，也可以利用智能合約，而公證人的角色便更重要，在這個例子，『公證人』可能是一個讀取氣象局數據的程式。而智能合約的設定可能是，如果 N 鎮降雨量達十毫米，那雨傘的價錢就會加百分之三十。那程式就會根據公證人程式拿取的降雨量數據，去決定要不要加價。」

「可是……怎樣確保公證人拿到的數據不會錯？如果有人駭進公證人程式，或是再簡單一點，直接去干預氣象局用來量度雨量的器材……」

「對，這是很好的問題，公證人方面，特雷爾……」

「呀，我們還是不要『紙上談兵』了。」特雷爾插嘴。「不如我們去看看數據中心的『大腦』可以嗎？」

「當然可以，請跟我來。」說著亞伯倫起來，帶著特雷爾他們離開會議室。

「你們怎麼了？」一路上，袁尚軒小聲跟特雷爾說。「你忘了我們要來做什麼的嗎？為什麼跟亞伯倫像小孩一樣在鬥嘴？」

「不好意思啦，我跟他從小就沒有很要好。」

「還有，你真的是『餡餅屑會』的成員嗎？」

「是呀。」特雷爾聳聳肩。「都說沒那麼神啦，只是一群電腦宅和數學宅。現在我只是個老爸被『取消』了的沒用第二代。對了，你記得等一下要怎樣做嗎？」

「當然。」袁尚軒比一個ＯＫ的手勢。「一切還是照計畫行事，沒問題啦。」

數據中心的伺服器在地下室，因為只有一層樓，他們沒有用電梯而是走旁邊的樓梯下去。在地下室，除了小小的電梯大堂外，就只有一道門，門旁邊有一個拍卡感應器，那道門連窗也沒有，只貼著一張「僅限授權人士內進」的牌子。亞伯倫從口袋掏出員工證拍卡，袁尚軒跟在特雷爾後面進去。

那個房間比袁尚軒想像的小很多，大約只有一萬多平方呎。他印象中數據中心是一望無際的電腦，雖然這裡面也是一排一排的電腦，但規模並不大。亞伯倫拍卡時房間裡的燈光也亮起來，不過並不是日光燈那種光亮的燈，只是在接近地面牆上，和在天花板零星的微弱燈光，就像在電影即將開始放映的黑暗電影院內。每部電腦上都閃著藍藍綠綠的燈光，看起來就像是一排排等著侵略地球的外星太空船。

「我還以為區塊鏈的數據中心，會是那種像『好市多』那樣大的地方放滿了伺服器。」特雷爾說。

「哈哈，你說的那種應該是比特幣的『礦場』。」亞伯倫大聲笑出來。「利用PoW工作量證明的加密貨幣，需要很大的運算能力，所以要『挖』比特幣，要用強大的電腦。我們不是在挖礦。」

「N幣不是用工作量證明PoW的加密貨幣嗎？」袁尚軒問。

「呃，」亞伯倫看了特雷爾一眼，表情像是在說「你沒有告訴他啊？」。

「不，我們是用權益證明PoS，」亞伯倫說著邊搔鼻子。「不過因為它和UBI還在測試階段，暫時只有有限的使用者負責驗證交易……」

袁尚軒好像看到特雷爾在翻白眼。

「等等，但你剛才不是說『公證人』嗎？」袁尚軒在翻他的筆記，他給搞糊塗了。

「哈哈，那是兩種不同的東西，『驗證人』是負責確認交易的真確，而『公證人』是在智能合約的利用上，提供一個公正的媒介確認條件成立，例如剛才雨傘的例子，假設N鎮降雨量達十毫米，那讀取氣象數據的程式，也就是公證人，就會通知店把雨傘的售價提高。而你走進店家買傘，如果是傳統的交易，那你就會利用信用卡或是銀行卡交易，但如果是區塊鏈，也就繞過銀行或信用卡公司，那要達到這去中心化的目的，就需要有驗證人，去確認你真的付了正確的銀碼給店家。」

「但是那不是需要很大的容量儲存數據？」袁尚軒繼續問。「那交易不會很慢嗎？這是區塊鏈貨幣最為人詬病的問題。」

「你說得對。」亞伯倫笑著點點頭。「所以在本國這是只有昆恩特斯才能做到的，試問有哪家企業已經有那個基礎設施？當然，我們也要在技術和速度上取得平衡。例如要在ＣＨＯＫ上取得數據時，如果要從所有的數據中搜尋時，那當然需要相當多的時間，但是隨著時間過去，要讀取很久以前的數據的機會其實很小……」

「啊，把數據劃分。」袁尚軒明白了。所有的數據會儲存在不同的區域，讀取數據時，會優先搜尋近期的，因為數據量遠比整體數據量少，所以讀取的時間會少很多。「所以多久前的數據會被當成舊的？」

「唔……現在ＵＢＩ還是在測試階段，我們暫時定了是五年。」

五年的「期限」……

亞伯倫簡單講解一下那裡的電腦設備、運算速度等。不過袁尚軒都沒有怎麼聽進去。

「呀，不好意思，我想去一下洗手間。」終於找到機會，袁尚軒說。這也是他們一早計畫好的。

「呀，地下室這一層沒有洗手間，要回去樓上……」亞伯倫看來有點為難。因為如果離開了房間，沒有員工證，袁尚軒回來便不能進入，而亞伯倫又不能陪袁尚軒去，留下特雷爾在重要的數據中心內。

「沒關係，你們繼續，我自己去就可以了。我回來時給特雷爾打電話，然後他來給我開門不就行了？」

「可以呀，你走樓梯上去的話，樓梯旁就是洗手間了。」亞伯倫指著樓梯的方向。

袁尚軒是故意這樣提出的，那就可以知道他們有沒有在數據中心內屏障了手機訊號。

離開房間後，袁尚軒先查看地下室的其他地方。除了電梯和樓梯外什麼也沒有，他飛快地檢查了一下牆壁，都不像有密門。

跑回地面的樓層時，他當然不是去洗手間，他走遍了整層，整個辦公樓層看起來其實十分簡陋，除了他們剛才做訪問的會議室、亞伯倫的辦公室有桌椅外，另外兩個辦公室都是空置的。

就好像是很趕著要營運似的臨時辦公室，袁尚軒想。

看來沒有什麼可疑，袁尚軒正要回去的時候，看到角落有道門。他走過去按門的把手，果然門是鎖著的。是儲藏室嗎？還是機房？

如果有密道的話，很可能就是在這裡。

「你在幹嘛？」一把聲音突然在袁尚軒背後響起。

▌

「所以你就被發現了嗎？」石小儒吃吃地笑。

「才沒有！」袁尚軒有點嚣張地打斷她。「我和特雷爾一早計算好的，他向亞伯倫說反正也差不多了，不如回樓上會合我。而我就是要『大方』地在辦公室轉來轉去的。」

石小儒微笑著盯著袁尚軒。「讓亞伯倫以為他逮到你的小辮子。」

「嗯，我讓亞伯倫以為，我想查約希『消失的訊息』那件事。他以為我在他筆電和辦公室找有關那件事的文件或通訊，完全沒有留意到我其實是在調查『實體』的辦公室。不過話說回來，那個儲藏室還是機房的，我覺得很可疑，說不定那裡有什麼密道。」袁尚軒轉動著筆桿。

「可能吧……對了，關於『消失的訊息』，亞伯倫有說什麼嗎？」石小儒竟然顯得對那更有興趣。

「他說沒可能。妳也懂一點區塊鏈，妳也知道，區塊鏈最大的特點，是去中心化，所以在區塊鏈上的東西，是不可能篡改的，因為沒有一個『主持人』或『老闆』。為了和Ｎ幣整合，在ＣＨＯＫ裡面所有的使用者行為會記錄在區塊鏈上，成為大數據，以用於未來Ｎ幣的產出或研究ＵＢＩ。那些討論區成立的目的也是那樣，那也是區塊鏈的一部分，所以即使是亞伯倫，甚至是昆恩特斯也不能把討論區上訊息從系統上刪除。他甚至在我們面前搜尋了一遍，在約希聲稱收到訊息前後二十四小時，都找不到那條目的紀錄。」

「對，不能篡改、去中心化，正是區塊鏈最重要的特點。」石小儒點點頭。「所以這也是加密貨幣和區塊鏈受新一代和電馭叛客 cyberpunk 歡迎的原因，甚至有說法，發表比特幣白皮書的中本聰，實際上不是一個人，而是一班電馭叛客共同創造的身分。很多人對區塊鏈的概念就只是加密貨幣，但其實區塊鏈可以應用還多著。例如……」

石小儒正要說下去時，她指向報館門口，有個女生站在那裡。

「請問負責人在嗎？」隨著女生開朗聲音的，是臉色一沉的特雷爾，那女生就是布麗琪，在尼霍克市場鬧事的女孩。

「布麗琪，妳有什麼事？」特雷爾的語氣還算客氣了。

「我想找《導航員報》的負責人，不過跟特雷爾你說也一樣吧。」布麗琪邊說邊四處張望。「我覺得《導航員報》需要做一個有關Ｎ鎮保守派排外情況的專題報導。」

這根本就是衝著老科恩而來嘛，袁尚軒想。

他看了看石小儒，她的表情似笑非笑，不過看著她這個表情，袁尚軒好像知道她的意思。

「呃，布麗琪是嗎？我是袁尚軒，《導航員報》的記者——新來的。」袁尚軒沒有要握手，只是輕輕舉起手打招呼。「是這樣的，我們報紙有既定的編採方針，並不是妳想要寫什麼就寫什麼的。不過，我們也接受廣告型式的稿子，但是會標明是廣告……」

「我不是要廣告，我是覺得你們應該做那個報導。N鎮保守排外已經不是今天的事了，作為媒體你們有責任去表明立場，以正視聽……」

「等等，什麼表明立場？以正視聽？什麼是『正』由妳來說的嗎？」袁尚軒心裡已經開始冒火。

可是女孩好像聽不明白似的，她瞪著眼看袁尚軒。「我不明白你的意思，難道你們認為歧視排外是可以接受的行為嗎？」

「我爸才沒有歧視排外！」特雷爾也忍不住出聲。

「N鎮容不下排外！」這時有另一名男孩走進來，大概是經過時聽到報館內的爭執。男孩看來和布麗琪年紀差不多。「擁抱包容多元，是普世價值。對歧視和排外的行為理應零容忍！」

「喂！這裡是私人地方，請你們離開，不然我們叫……」袁尚軒正要走上前去把那湊熱鬧的男孩趕出去，不料腳下突然打滑，就像個呆瓜似的跌坐在地上。

「你沒事吧？」石小儒扶起袁尚軒，讓他在自己的辦公桌前坐下。

「我……好像扭到了。」袁尚軒小聲說，這時他真的想找個洞鑽進去，所謂「輸人不輸陣」，但還沒動手自己就摔倒了。

「那你們想怎樣？嗯？」出乎袁尚軒意料之外，石小儒突然開口。她走上前，半倚半坐地在袁尚軒的桌旁。「妳想《導航員報》做這種報導，如果他們真的做了，那妳是想通過這報導去達到什麼目的？」

「呃，」布麗琪給石小儒突如其來的問題窒礙了一下子。「那……呃，就是要大眾知道，N 鎮不能容忍這種行為……」

「這妳已經說了很多次了。」石小儒失笑。「知道了，那又如何？其實我想，現在鎮上應該沒有人不知道了吧？那為什麼還要《導航員報》出這種報導？妳要老科恩給妳道歉？」

「嘖，道歉有啥用？他會是真心的嗎？我受的傷害已經造成了，道歉有用嗎？」

袁尚軒突然明白了，布麗琪不是要老科恩對她道歉或是什麼，她是要老科恩消失。就如把他的名字從體育館捐贈人抹去一樣。

「呵，妳是覺得，老科恩的尼霍克市場不應該再營業了？」

「對！當然！我們當然不能任由那種排外的企業營業，要不，那不就表示我們認同他嗎？」

「但是……那真的是每一個N鎮居民的希望嗎？」石小儒托著下巴。

「妳沒有看到我在影片吧？」布麗琪立刻滑著手機，並把她之前放在YouTube上指控老科恩的影片播放給石小儒看。「這條影片有接近十萬人觀看了，妳看！有三萬人按讚，已經超越N鎮的人口了。」

「但也不能證明按讚的都是N鎮的人吧。」石小儒微笑著把手機交回給布麗琪。「不如來個公投？」

「公投？」袁尚軒也被石小儒的提議嚇了一跳。

「公投……就像是英國脫歐那種？」布麗琪問。

「對呀！妳真聰明！」石小儒舉起拇指，就像按讚的符號。「提出幾個選項，讓鎮上的居民投票決定，例如：『老科恩向布麗琪道歉』、『布麗琪要為誣陷老科恩道歉』、『老科恩要關閉尼霍克市場』等等。」

「喂！」特雷爾抗議，石小儒阻止了他。

「不過有個問題。在投票中如果選民有幾個選項，例如市民要為多項議題同時投票，或是有幾個候選人競選市長，在一般多數決的投票，每一票的成本對選民相同，那有時候就會做成選舉結果並不能有效地反映選民的真實意願，例如選市長的時候，一號和二號候選人競爭得非常激烈，本來和一號理念相近的三號候選人也有不少支持者，但為免分散票源令二號當選，三號的支持者也只能『含淚投票』給一號。」

「除了某人外，任何人都行」——袁尚軒想起幾年前的一場選舉中，一些人的態度。

「另外就是當有多項議題的時候，」石小儒繼續說。「假設四項好了——加稅、建新學校、在十字路口建訊號燈，和在國慶日辦演唱會，因為是同時投票，妳在每項議題都有一票，不過妳才不在乎學校和訊號燈，妳用心地投下對加稅的反對票，還有贊成辦演唱會——因為會邀請妳很喜歡的歌手，不過在另外兩項，妳只是隨便地填下反對建學校和反對建訊號燈，也沒有去在意最終的結果。不過妳隨便投下的反對票，它的分量和剛誕下小孩、正為鎮上學位不足而煩惱的母親一樣，也和每天都要小心翼翼去橫過那十字路口的老人一樣。」

「所以那就不公平。」布麗琪點點頭。

「嗯，這就是一人一票的問題。妳知道平方投票法（quadratic voting）嗎？」

「平方……什麼？」

「平方投票。簡單來說，平方投票就是，票數和投票成本對等的一種做法。用回剛才四項議題的投票，例如每名市民會獲得一百點的『投票點數』，如果投一票要用一點，投兩票就要花四點，三票就要九點。」

「所以需要的點數是票數的平方。」布麗琪用手機內的計算機算著。「一百點的話，那我在一項議題上最多可以投十票。」

「對，這樣的話，希望選民投票時會比較深思，而且投票結果也可以反映市民對每項議題的重視程度。」石小儒從手機叫出新聞的連結。「幾年前在台灣舉辦的黑客松，已經讓民眾利用平方投票去選勝出的提案，各地政府也開始試驗這種投票方法……」

「這很好啊！」布麗琪顯得非常興奮。「那就來個公投！讓老科恩心服口服！」

「等……」特雷爾想說什麼，但被袁尚軒阻止。

先讓布麗琪以為自己得到她想要的，再暗地裡找真正要找的——就如之前袁尚軒在亞伯倫的辦公室那樣，他隱約感到石小儒也在幹同樣的事。

不過石小儒真正要找的是什麼？

為了要確定實際的操作，石小儒約了布麗琪、索妮亞還有亞伯倫見面。袁尚軒以採訪為由也跟著去——當然因為特雷爾要避嫌。

「可以在CHOK上進行公投嗎？」石小儒問。「用平方投票法。」

「平方投票？」索妮亞雙眼發亮，並對著石小儒微笑，似乎她沒有想到石小儒會提出這樣前衛的東西。「技術上可行，我們可以利用智能合約，合資格的選民登記的話，CHOK就會產出一種特別投票用的幣，假設叫N點吧，得到N點的人，他們可以在CHOK上投票。就如妳說，用平方投票的方法，投一票要一點，兩票要四點，三票要九點，如此類推。」

「不過，」亞伯倫插嘴。「技術上可行，但是牽涉太多，時間又太趕，首先要製造新的『N點』，因為我想不能直接用N幣吧，然後要處理N點換算成選票，還有要處理公投後沒有用到的N點。」

「選舉過後銷毀不就好了嗎？例如在程式上預設，數過了某時限就失效的話……」石小儒問。

「做不到！」亞伯倫突然斬釘截鐵地說。「呃，對不起。我是指那太複雜……」

「因為要連到計時系統，而現在CHOK讀取的，是一個獨立於區塊鏈的計時系統。」索妮亞加入。「唔……等於工廠內每個人都有手錶，但是所有人都是以工廠內那大鐘為準。用戶在ＣＨＯＫ內的一舉一動，是讀取了計時系統當時的時間，那個行動連同時間紀錄就『烙印』在區塊鏈上。」

「為什麼計時系統會獨立於區塊鏈？」

「運算時間是其中一個原因。另外因為本國有夏令和冬令時間，又有說有些地區會取消，把它獨立出來會更有效率和更有彈性，計時系統是設計成可以改動的部分。」

「那……」石小儒仍是掛著微笑，看來她完全沒有被困難阻擋。「如果用平方融資的概念呢？那每人的點數一樣都是一點，而且都會用盡，沒有剩下點數的問題。」

「啊，可以呢。」索妮亞向石小儒點點頭。「因為只是重新計算最終點數，操作上也容易得多。」亞伯倫也點頭贊成。

「喂，什麼跟什麼？」布麗琪開口。「那又是什麼啊？」

「按選民意願去分配公共資源，和平方投票差不多，不過就是一人一票，只是計算方式不是多數決，可以想成是一種保護弱勢的比例代表制的投票。」石小儒簡單地給布麗琪解釋。「平方投票中選民要自己安排比重，如果用平方融資的分配法，選民只需投最想投的選項，事後再根據某個算式分配最終得票，在這次公投也適合得多。」

最後他們決定三個選項：一、科恩沒有錯，布麗琪需要為對科恩造成的傷害道歉；二、科恩有錯，但他的行為並不是排外歧視；三、科恩的行為反映他的排外心態，並不適合再經營服務大眾的尼霍克市場。除了用平方融資的方法分配最後的票數外，還決定得票最高的要過半數才有效。

單是擬定這三個選項和其他細則就花了不少時間。

「很好，那我們可以發系統訊息給CHOK的用戶，通知他們公投的細節。」索妮亞說。「已經這個時間了，我開車送你們回去吧。」她看著袁尚軒的腳。

「老實說，對於這次公投，我很興奮。」在車上，索妮亞說。「你們知道嗎？我們現在還沿用古老的代議政制，因為技術上不能讓每人每事都投票，但是，科技正向著那方向前進，把看來像是天方夜譚的去中心化變為可能。當年我在昆恩特斯負責CHOK的開發，不過主管因為人事問題離職，後來又因為融資問題延後了發展，不然CHOK可以有很多可能性。現在比起當年，技術更成熟。」

「達素。」坐在後座的石小儒吐出一個名字。

「妳知道他？」

「嗯，我以前在A&B任職，就是在昆恩特斯團隊。」石小儒看著車窗外。

「當年他就已經知道，新一代的動員力不能小看，不過很多人聽不進去。他們只是覺得，『沒有利益的事誰會做？』」

「他現時在台灣一家新創公司當顧問。」索妮亞莞爾。「時代要進步，不能只是遵循舊有的一套，UBI如是，N幣如是，面對新事物，不能只是一味否定，一定要保持開放態度。不然只有滅亡……達素離開大企業，而我選擇留下，用我的方法推行進步。不能否認，在現階段，完全變革前還是需要大企業的資源。」

「對了，約希身體恢復了嗎？」石小儒突然一問。

「啊，好多了，謝謝妳的關心。」索妮亞說。「幸好沒有傷到要害，只是輕傷。」

「那就好。抓到犯人了嗎？」

「還沒，那附近都沒有監視器。而且……那女孩那邊的線都斷了。」

「怎麼說？」

「那女孩……艾莉娜，案發時有不在場證明。她不可能是襲擊約希的人。」

「她當時是在派對吧？」

「嗯，約希的朋友在那之前就已經接了她去派對了，她沒有開車，沒可能去到約希遇襲的地方。」

「索妮亞，妳知道那是大麻派對嗎？而且場內大部分都是高中生。」

「是嗎？」索妮亞輕輕笑了一聲。「高中生派對，每個年代也差不多，誰沒有試過未成年喝酒？」

「那可是大麻。」石小儒盯著前座的後鏡，袁尚軒看到她的眼神。「不過聽說參加者都拿了自然療法證明，說是減壓療法。後來調查了在 Airbnb 租下房子開派對的人，原來是幾個高中生，合資租下房子然後賣票，找到願意開證明的自然療法醫生，再散播派對可以未成年合法服用大麻的消息。」

「所以是合法的。」索妮亞好像鬆了口氣。「看，時代要進步，不能那麼死腦筋，可樂以前也是藥方。」

「嗯，不過現在有說可樂中的糖分和毒品一樣……算了……最近聽到有關一個人的事，讓我想起達素。」石小儒再把頭轉向窗外。「索妮亞妳知道亞烈謝吧？」

「當然，他小學在這裡待過一個學期。」索妮亞大方承認。「當年我們還很小，他已經很沉迷編寫程式。」

「妳和他有聯絡嗎？」

「誒？」索妮亞有點驚訝。「沒有耶，小學畢業後他一聲不響就搬走了。」

因為石小儒住的飯店和袁尚軒租住的公寓很近，她請索妮亞在袁尚軒家前也放下她。「我扶他進去，確保他不會摔倒撞到頭死了也沒有人知道。」石小儒開玩笑說。

「妳找到妳真正要找的東西了嗎？」扶他進屋後，袁尚軒問石小儒。

她只是微笑，正要離開袁尚軒的公寓。

「妳是覺得這個公投很有趣是不是?平方投票、平方融資、這就是妳說現代區塊鏈的其他應用？」

「不是現代，是未來。」石小儒回頭。「區塊鏈技術成熟之後，很多去中心化的運作，就有實現的可能。」

「這怎麼有可能？」袁尚軒站起來，扭傷了的腳立刻傳來痛楚。「人們真的能完全相信運算結果?政府會容許嗎？」

石小儒看著袁尚軒，褪去笑容的臉嚴肅得有點嚇人。「你有沒有聽過一句網路上很流行的話：『不要被貧窮限制了想像』?看著現在的你，我想說的是：『不要被技術限制了想像』。什麼人們不會相信運算、不會這樣那樣做，那是現今的人因為現今技術受到限制而有的態度，當技術提升了，人們的態度自然會變化，以前『不會那樣做』的想法會改變。」說完她便離開了公寓。

袁尚軒追出去，但扭到腳的他只能一拐一拐地走著。

「小儒！妳等等我嘛。」

石小儒回頭。「你能追上來便追吧，追不上也沒關係，反正你也不是第一個追不上的。」

賽琳在整理架上的貨品，不過也沒有什麼好整理的，反正最近超市也沒有什麼客人。其他打工的也只是無聊地在店內閒聊滑手機。本來經理想減少打工的工時去節省開支，但老科恩說不用。就如疫情的時候也一樣，老科恩不僅沒有裁減人手，更聘請了不少因為疫情而失業的人——賽琳就是其中之一。

偶爾看到有人經過超市，他們看到賽琳，都像是有點心虛地匆匆走過，避免和賽琳有眼神接觸。可是賽琳還是看到了，他們提著鄰鎮連鎖超市的購物袋。

都是布麗琪害的。

兩個禮拜後就是什麼公投，全都是那個布麗琪搞出來的，她要什麼尼霍克市場要包容她的要求，賽琳不明白，尼霍克市場不接受她要求的話，去別家收N幣的店不就好了嗎？布麗琪一直說著老科恩排外排外，鎮上不少年輕人好像也加入那個行列。

賽琳看了好多次布麗琪放上網的影片，她不明白為什麼那是排外。

歧視當然不對，老科恩被布麗琪惹毛了而脫口罵了她一句母狗，罵人是不對，如果諾亞用那個字賽琳也會罵他，但是……那是歧視排外嗎？賽琳不明白，這是歧視排外的定義嗎？就如現在常常聽到、一些新的詞，而且好像繼續用以前的叫法好像不對似的，對，他們會用奇怪的眼神看賽琳，就像她在小孩前說髒話一樣。她想起，現在不能說大麻是毒品了，要叫「產品」，說這樣對用藥的人公平些。

總之，因為布麗琪不斷地歧視排外歧視排外地說著，鎮上的人都對老科恩避之則吉，尼霍克市場的顧客也少了很多，怕被人看到進去購物，就會被看成歧視排外的一分子。

回到家，剛好鄰居的夫婦也從鄰鎮購物回來，賽琳認得那是鄰鎮才有的連鎖超市購物袋。

「你們也去鄰鎮買東西啊。」賽琳說著，她已經看慣了，並沒有特別情緒。反而是那兩夫婦覺得不好意思，太太要丈夫先把東西拿進屋內。

「對不起，我們也不想的。」她先是看看附近有沒有人，再走近賽琳身邊小聲說。「妳知道啦，現在的情況，被人看見去尼霍克市場不大好。」

「妳也相信老科恩是那些什麼排外的人嗎？」賽琳沒好氣地問，他們兩夫婦認識老科恩也有三十年吧。

「我們當然不信！不過萬一給那些網上的人標籤就不好啦，那是百口莫辯啊。我們怕發酵起來，我們老闆受不了壓力解僱我們怎麼辦？好不容易保住的工作，妳看即使小學校長和老科恩那麼好朋友，也要跟著劃清界線，連贊助也不要了。有些事我不知道該不該說……賽琳妳要不要考慮找別的工作呀？」

「開什麼玩笑？疫情時我和老公都丟了工作，要不是老科恩請我到尼霍克，又幫我老公找工作，我們要露宿街頭了。」

大概也覺得自己問了過分的事，太太也趕緊結束閒聊回到屋裡。

緩緩從車上走出來的，是那對夫婦的女兒艾莉娜。

「我看妳和媽媽在聊天，不想打擾。」艾莉娜跟賽琳打招呼。「他們很煩吧。」

賽琳念書時就常常當小艾莉娜的保姆賺零用錢，可說看著她長大，諾亞年紀小一點時，賽琳也會請她過來看孩子，讓她可以和老公外出約會。

「妳竟然會跟他們去購物。」賽琳故意這樣說。「不和朋友去玩？」她知道艾莉娜被欺凌然後和瑪格特打架的事。

「賽琳妳不要逗我了。」艾莉娜低下頭。

「怎麼了？」賽琳發現艾莉娜在哽咽。

艾莉娜抽抽鼻子，一邊把手機遞給賽琳看。「今天這在同學間流傳。」

那是段影片，片中艾莉娜軟趴趴地坐在沙發上，一直對著鏡頭傻笑。鏡頭外的人不知說了什麼，艾莉娜突然爆笑。

「這是何時拍的？」賽琳緊張地問。「妳給下藥了嗎？」

艾莉娜搖搖頭。「妳知道長週末的派對嗎？我吃了大麻軟糖。」

「妳知道被拍了嗎？」

「嗯，怎麼說呢……那是很奇怪的感覺，我的意識是清楚的，不過就是癱坐在那裡沒有想理其他人，整個人很放鬆很高興，我不記得那人說了什麼，就是很白目的東西也覺得很好笑……」

「妳是被誘騙吃下大麻軟糖的？」賽琳走到艾莉娜身旁，如果她是被誘騙的話，賽琳準備好陪艾莉娜到警局。

但是艾莉娜搖頭。「也不是，他們有說那是大麻軟糖。只是……那裡每個人也有吃，而且他們說有自然療法醫生開的證明，說那是什麼自然減壓療法，所以是合法的。我看既然是合法，而且他們說不能太死腦筋，現在大麻也合法了，大家也這樣說，好像很有道理，我也不想在派對破壞氣氛嘛……」

賽琳帶艾莉娜坐在自己屋前的梯級上。「唔……古荷勒老師好像還有在教是嗎？」

「社會科學課？有呀。」

「他有沒做數學題那個實驗？」

「有啊！妳念高中時也有啊？哈哈，幸好我沒有遲到。」

「妳還記得那個實驗的目的是什麼？」

「嗯，同儕壓力。」

那個實驗是，老師一早在黑板上寫著一道數學算式，他先告訴已經來到課室的同學，等一下會問每一個同學答案，已經來到的同學要說同一個明顯是錯的答案，看看遲來的同學會不會懾於壓力，而回答同一個錯的答案，還是堅持對的答案。

「每次總有一、兩人會說錯的答案。」賽琳笑著。「那時的實驗，其他人說的答案也很明顯是錯的，但是哪，現實生活中，對錯並不會那麼明顯的。很多人為了占妳便宜，或是為了獲得掌聲、多一個人按讚，會說很多似是而非的話，不論是哪個時代總會有那些人。」

艾莉娜苦笑。「但是這影片全校都看過了。」

「那可是妳最有力的不在場證明呢！」

「石小姐！」賽琳認得石小儒，特雷爾和她一起。「你們是來找諾亞？」

「不，我們是來找艾莉娜的。」特雷爾說。「關於派對那天的事。」

「我已經跟警察說了啊。」

「妳知道約希那消失的訊息嗎？」石小儒問。

「我說過很多次了，我沒有邀約希去橋底下呀！」

「但是他說是妳在討論區留言給他的。」

「妳可以看我的手機呀！」艾莉娜沒好氣地把手機給石小儒看。「我沒有說謊，妳看！在討論區我的帳戶中都沒有給約希留言的貼文！」

「討論區是在區塊鏈上的，昆恩特斯設立那些討論區，就是要收集數據，留下永久的紀錄。所以理論上是不能刪帖的，之前亞伯倫已經在他們面前給他們看過，那天並沒有艾莉娜妳留言給約希的紀錄。」石小儒邊說邊滑著艾莉娜的手機。

「呀，對不起，我可以看這個嗎？」她看到討論區其中一條貼文，艾莉娜點點頭。

「那只是通知我們公投的事。」他們決定了所有十六歲以上的N鎮居民，都可以參加這次公投。那段通知的貼文的發訊人是「N鎮公投」。

「〈殺不死我的〉？Kelly Clarkson？妳竟然知道那麼舊的歌。」石小儒笑著看艾莉娜的手機，在討論區頁面的頂部，是艾莉娜的暱稱。「那妳有變更強嗎？」

「只是為自己打打氣。」艾莉娜有點不好意思。「遲一些就會改的。」

「誒？帳號可以改嗎？」

「這只是顯示的暱稱名字，下面『@』後面的才是真正的帳號名，暱稱隨時也可以改的。」

「原來如此。」石小儒若有所思地點點頭。

他們四人閒聊了一會後便準備離開，特雷爾走在前面，石小儒突然回頭跟賽琳說：「賽琳，可以拜託妳一件事嗎？」

賽琳來報館找石小儒時，她剛巧在講電話，袁尚軒只是對著筆電發呆，明天早上六點公投就截止，因為公投是在CHOK上進行，負責N幣和區塊鏈持續報導的袁尚軒也順理成章地要跟進這塊。不過和一般選舉報導不同，除了一開始布麗琪和她的支持者在尼霍克店外吵了一陣子，之後突然靜了下來，袁尚軒明白其他人因為畢竟和老科恩有交情，但是布麗琪他們來勢洶洶，都不敢公開表態支持他。

布麗琪一開始在尼霍克的事件、體育館遮蓋了老科恩的名字、居民不敢到尼霍克市場買東西……袁尚軒都寫了稿子；同樣地，他也寫了布麗琪支持者立場、尼霍克不接受N幣的問題，他不知道應不應該刊登這些稿，在這樣一個小鎮，《導航員報》這地區性報紙，一篇新聞稿可以代表報紙的立場，甚至可能被看成這個鎮的立場，最重要是，它可能影響居民在這次公投的取向。以前在《紅葉郵報》負責財經版，主要是做資料蒐集，即使是寫專題，因為整個商界的立場也很明顯，反而沒有遇過這種因為取向而感到為難的事。

「你還好嗎？」賽琳問候袁尚軒。「你好像不大有精神。」

「沒有，只是有點睡眠不足。」袁尚軒隨便說，這時他突然發現，賽琳好像有點不同了，剛認識她時她只是一個普通媽媽的感覺，但最近的她，好像多了一分活力。「妳來找小儒？」

「嗯，只是有些問題想問她。等一下不是有派對嗎？我就想不如去之前找她問問。」

「啊，對了，派對啊。」袁尚軒看一看手機的時間。因為公投是在CHOK上投票，索妮亞自掏腰包在鎮上的家庭餐廳包場，算是一場慶功派對。

「對了阿軒，你在寫公投的報導嗎？」她看了看袁尚軒的筆電螢幕。「那你一定很了解平方投票了，我有問題可以問你嗎？」

「還可以啦，怎麼了？諾亞問妳？」

「為什麼你這樣說？我自己想了解多些不行嗎？我只能是為了兒子才學新東西的嗎？」賽琳有點不悅。

袁尚軒頓時明白了，就是這種擺脫了單純母親定位的感覺，不在兒子身邊時，賽琳越來越以「賽琳」的身分，而不是「諾亞媽媽」的身分表現。

而他覺得，是石小儒讓她有這樣的改變。一開始，她就待她是「賽琳」，而不是「諾亞媽媽」。

「不不不，對不起，我不是那個意思，那妳有什麼問題？」

「我上網搜尋了一下，大概了解平方投票的原理。」賽林滑著手機，給袁尚軒看網路百科的網頁。「但是這次公投好像不是用平方投票，而是用平方融資的概念……」

「對，因為這只此一次的投票，所以不需要像平方投票一樣，把一個分量的點數給選民，而是每人一票，最後根據選票分布，再分配最後的比率。」

「那概念我明白，但是這影片說的算式，我不明白。」她在影片串流應用程式叫出了一條影片，看來她真的花了不少時間去了解。「為什麼那一千元會變成一千九百多元的？」

「啊，這裡。」袁尚軒按了暫停，影片剛好停在一條算式上。「每個項目最後獲得的資金，是利用這條算式計算，算式是每個人投資的平方根加起來，再計算那總和的平方數。這裡項目A有十個贊助人，每人投資一百元，項目B只有一個投資人投資一千元，而項目C則有二十個人每人投入五十元，雖然最後三個項目都各得到一千元，但如果利用平方融資的算式來重新分配這三千元的話，即是先取每個投資者投入的數目的平方根的總和，再計算那個總和的平方，利用這個數來計算百分比。以項目A為例，每人投資一百元，一百的平方根是十，十個人的總和是一百，一百的平方是一萬。項目B只有一人，所以是一千的平方根再平方，那就是一千，最後項目C有二十個人每人投資五十元。五十的平方根是7.07，二十個7.07總和是141.42，它的平方是二萬。」

「啊！所以這樣重新分配的話，就不是每個項目都是拿一千，而是項目Ａ的比重是一萬，項目Ｂ只有一千，而項目Ｃ就是二萬，以這個比重來分配原來那三千元的話，一萬加一千加二萬就是三萬一千，項目Ａ就是一萬除以三萬一再乘三千……也就是百分之三十二，所以得到三千元中的百分之三十二，也就是九百六十八元。項目Ｂ現在只占百分之三，項目Ｃ就占百分之六十五！所以最後拿到一千九百多，差不多是原來的兩倍！」賽琳一邊按著手機的計算機，一邊如獲至寶般說著。「哈！原來如此！阿軒你好厲害，全靠你解釋得那麼好我才能明白。」

「哪裡，是妳聰明才領悟得那麼快。」

「但是……所以說，這種方法對『積少成多』的一方最有利，靠大多數人微小的力量取勝。那……為什麼在公投需要用這計算方法？」

經賽琳這樣一說，袁尚軒才發現，在每名可以投票的居民也有一票的情況下，雖然有三個選項，但為什麼要那麼複雜？

「而且為什麼小儒要我那樣做……」賽琳喃喃說著。

「嗯？小儒要妳做什麼？」

「呃，」賽琳抓抓頭。「她要我跟尼克他們買他們的Ｎ票。」

「什麼？可以買票啊？」

「嗯，好像是小儒跟亞伯倫談好的。也不是買啦，應該說是讓尼克他們把票授權給我，讓我替他們投票。」

但是如果可以把票轉讓，授權其他人集中投票的話……

「呵呵，是平方融資啊！」班華不知在哪裡冒出來。「是啊，真的很複雜，投票這種東西也遲早被淘汰啦！」

「誒？」袁尚軒沒想到，班華會突然說出這樣的話。平日他總是像個懶散的人，辦報只是在消磨時間。

「投票是什麼？不就是要知道鎮上的人的想法嗎？如果有其他方法達到共識的話……」

「班華，你就不要打擾阿軒工作啦，他已經夠忙了。」特雷爾走過來打岔，班華只有一貫地笑瞇瞇走向茶水間泡咖啡，剛好石小儒講完電話，賽琳也識趣地跑去辦公室找她。

袁尚軒意會到特雷爾是想支開班華和賽琳。「怎麼了？」

「關於約希的案件，我跑了一趟警局。」特雷爾說著，但是眼睛盯著辦公室內的石小儒和賽琳。「那個……那天去約希家的那個警官說，索妮亞帶著約希去銷案了。」

「銷案？」袁尚軒不禁覺得奇怪。「像約希家那種有錢人，這種事不是會追究到底嗎?他們怕疫症怕得不讓約希到學校,他們會眼巴巴看著寶貝小孩被打?」

「好像是約希沒有東西被搶,人也只是輕傷,所以就算了。」

「就是沒有東西被搶才奇怪呀!那不是擺明是針對約希的襲擊嗎?」

「就是啊……」這時特雷爾的筆電不知有什麼吸引了他的注意。「呀,維拉迪寄訊息來了。」

袁尚軒把臉湊到特雷爾的筆電螢幕前,看著他打開最新的email。

「黑色星期五/逾期失效」——和上次一樣。維拉迪只是提供簡短的訊息,不知道的話還以為他是間諜情報人員。

那是什麼意思?黑色星期五……在北美一般人會覺得是美國感恩節前的購物高峰日子。傳統上商店都會在感恩節前的星期五進行大減價,新聞常常報導美國人通宵在店外排隊,一到星期五午夜店舖開門便衝進去搶心儀已久的減價貨品,而且因為這一波的銷售,甚至可以令店家轉虧為盈,營利報表由顯示虧損的紅色轉為營利的黑色,那天也因此稱為「黑色星期五」。

維拉迪指的黑色星期五是什麼意思?還有「逾期失效」,什麼逾期,什麼會失效?

難道是指訊息逾期所以消失了?不可能,亞伯倫也說了,在CHOK上的行為是記錄在區塊鏈上,並不能篡改。

「咦？逾期？」袁尚軒想起，當他們和索妮亞開會時，石小儒曾經提出，把投票用的點數逾期自動失效，但被亞伯倫一口否定那可能性。現在想來，當時亞伯倫那種語氣有點奇怪。

袁尚軒一直在思考，直到接到凱拉的電話問他怎麼還不去派對，他才驚覺原來已經快十點了。他還打算訪問去派對的人，所以趕忙披上大衣過去。出乎袁尚軒意料之外，即使已經這個時間，在家庭餐廳內的派對仍然非常熱鬧。賽琳和尼克他們幾個男孩在聊，索妮亞不斷和不同的人打招呼，看來她把這派對當成她回來鎮上的歡迎會，之前在推廣 N 幣的活動時，因為約希的事她突然要回家處理，好像現在才有機會好好和老朋友敘舊。袁尚軒以為，公投會突顯鎮上的撕裂，但看來事實並不是那樣，當然，老科恩、特雷爾和其他尼霍克的老員工都沒來。

布麗琪則顯得特別情緒高漲，雖然派對沒有酒精飲品，但她和一眾她的支持者在喝無酒精香檳汽水。

石小儒不在這裡。

袁尚軒隨便地訪問了幾個人後，只是坐在卡座裡看著其他人，他還沒有想到整個公投的報導要怎樣寫。

「你投票了嗎？」凱拉坐到袁尚軒對面。「啊，對啦，你沒有資格投票。」他們規定只有在 N 鎮住滿一年才能參與投票。

「參加這派對的人，好像都已經投票。」

「嗯，不過我還沒決定喔，可能待會我會改變主意。」凱拉笑著說，袁尚軒懷疑她有沒有認真去投。

「等等，妳說改變主意？」

「呀，因為你不能投票所以不知道。」凱拉打開手機ＣＨＯＫ的介面，再點選公投的選項。「這是公投的介面，你看，這裡有改變投票的選項。」

在用戶介面上，有個在倒數的計時器，顯示離公投截止的早上六點還有七個小時十九分鐘。下面寫著「你已投票」，再下面有個選項「改變主意？」。

「按下這個『改變主意？』的選項，之前的投票就會還原回未投票的狀態，那就可以再投票，直到截止為止。」

「竟然可以這樣？」

「好像一開始時有人投錯了，或是不了解投票方法，所以亞伯倫多做了這個改動。」

到截止前都可以更改投票、石小儒要尼克把票授權給賽琳……袁尚軒感到這些零碎的事件，好像有條幼細隱形的絲線牽連著。

找尼克問清楚吧，袁尚軒抬頭在餐廳內搜尋著尼克的身影，很快便看到他坐在角落。

尼克一直看著手機，但並沒有在滑，從他緊張的表情，袁尚軒覺得他是在留意著手機時鐘的時間。十一點整的時候，尼克立刻用手機按了幾下，然後就像完成工作一樣，拿了飲料去朋友那邊了。

袁尚軒一直盯著尼克。

不過他沒有任何特別的行動，就只是和其他高中生打鬧。

這時袁尚軒眼角卻看到了不尋常的動靜。差不多在尼克用完手機的同一時間，索妮亞看了一下手機，然後鐵青著臉在場內四處跑。袁尚軒以為她是要找尼克，但是卻看到她拉著布麗琪到外面。袁尚軒抓起外套跟著出去，才剛走到外面，就聽到旁邊的巷子傳來人聲。他迅速放輕腳步找個地方躲起來，以免被對方發現。

「誰叫妳那樣多事！」索妮亞在罵，雖然她壓低了聲音，但也可以聽出她在氣頭上。

「我……以為那樣是對我有利嘛……」另一個人，是布麗琪。「那……可不可以還原？不是可以在截止前都可以改嗎？還有七個鐘頭……」

聽來是有關公投的事。是和尼克幹的事有關嗎？

「妳以為是小學生在白板亂畫嗎？擦一下就沒有了？妳知道要多少時間啊？」索妮亞嘆了口氣。「總之，盡量先聯絡那些人，我想想另外的。」

「每一個……嗎？」

「當然！快去！」

布麗琪匆匆跑回餐廳內，而索妮亞，她緩緩步出後巷回到餐廳，但很快便離開到停車場取車。袁尚軒沒有開車，只能看著她揚長而去。

不過他記得，車子駛向的，並不是索妮亞家的方向。

回到公寓時已差不多午夜，但袁尚軒一點睡意也沒有。宣布公投開始到現在他還沒有刊出任何報導，但是這是第一次這麼感到不安。他真心覺得，老科恩沒有半點排外歧視——如果他是那樣的人，袁尚軒一定會感受到。可是，如果要站在老科恩那邊，就肯定不能倖免地會招來攻擊，這可能會影響他回去《紅葉郵報》的計畫。但他並不能說服自己寫自己並不認同的立場，特別是那有可能影響了決定不了要怎樣投票的人。

所以暫時他選擇沉默，起碼現在他還有不表態的自由。

還有他隱約覺得石小儒不知道又在暗地裡幹著什麼。他總是覺得，剛才索妮亞和布麗琪的事，一定和石小儒有關，只是想著這些就夠讓他失眠了，雖然晚上已經很寒冷，但他還是披上輕便羽絨外套出外走走。

他走到位於租住的公寓附近的高中校園，疫情的時候所有健身房關閉，當時在T市的他為了有足夠運動，偷偷溜進附近私立高中校園的跑道去跑步。雖然他的腳傷還沒完全好，但他只是想去走走。

原來不只他一人會溜進校園。

球場的照明當然沒有亮，但環繞球場四周的小徑都有路燈，微弱的光線中，袁尚軒看到球場中有個纖細的身影在跑圈。他走到球場旁邊，那人剛好在他前面不遠處跑過。

是石小儒。

「妳也睡不著？」袁尚軒喊，石小儒只是看了他一眼，沒有回應而繼續跑。

他慢慢地沿著石小儒跑圈的路線走著，沒多久跑了一圈的石小儒又在他身邊跑過，之後的一圈也是這樣，袁尚軒什麼也沒有說，只是慢慢地走著，由得石小儒跑步越過他。

「你想怎樣？」在和他第三次擦身而過時，石小儒終於停下來。

「在陪妳跑步啊。」袁尚軒笑著說。「還有趁機想想事情。」

「你這也算是陪我跑步？」石小儒總算笑了。

「暫時只能這樣。」袁尚軒輕輕提起受傷的腳。「不過總有一天，我可以和妳並肩跑的。」

「嘖。」石小儒又繼續跑。

「我對寫好的稿子感到不安。我在想，原來我怎樣寫、表達的立場，可能會影響某人投票的取向。我是誰？為什麼有資格那樣做？為什麼我的話可以代表N鎮的共識？」袁尚軒邊走邊說，雖然足球場很大，但夜闌人靜，他只是大聲一點說話，石小儒也能聽到。「但和我一樣睡不著的人，是因為什麼原因？難道是對明天公投的結果感到焦慮？不會吧？那女人那麼聰明，會有事情不是她的掌握之內？」

她仍然是默默地在跑。

「我想……那是因為即使那是她可以預計的結果，但也許那並不是她想見到的結果。」

這時她慢下了腳步。

「面對尊敬或是有憧憬的人，應該會感到不安吧。就是因為對自己的計算充滿信心，可是卻不想看到，尊敬的人掉入其中。」在石小儒第四次越過袁尚軒時，他說。

她終於停了下來，轉身對袁尚軒說：「不要裝什麼都知道。」

「嗯，我不知道。」袁尚軒微笑著走上前。「我只是想說，如果跑步可以把鬱悶發泄出來的話，那我就陪她跑。」

「嘖。」石小儒轉身繼續跑，袁尚軒笑著繼續慢慢跟在後面走。

因為他在後面，所以他看不見她也在笑。

石小儒跑遠後，袁尚軒看了看手機的時間——凌晨兩點零四分。

他肯定，剛才和石小儒說話時，他聽到石小儒口袋裡手機震動的聲音，那不是來電，而是收到訊息通知的短促震動。

難道她不是睡不著，而是在等這個訊息？

■

《導航員報》報館內，所有人都緊張地盯著特雷爾筆電的螢幕。公投已經結束，並於正午公布結果。本來人們以為祖利安會趁機大做文章，畢竟在這鄉下般的N鎮，首次破天荒地在區塊鏈上舉辦的平方投票，這樣的光，祖利安竟然不沾。

「有了！」凱拉喊著。結果準時於正午在CHOK的介面顯示出來。

特雷爾深呼吸一下，然後按下「N鎮有關尼霍克市場公投結果」的鍵——

登記發出票數為六千四百二十三，投票總數為六千三百七十二，而N鎮合資格投票人口為七千九百六十三人，即是有八成的人口也參與了這次公投，九成九拿了選票的選民有參與投票。

選項一：「科恩沒有錯，布麗琪需要為對科恩造成的傷害道歉」，共有一千一百四十二票；

選項二：「科恩有錯，但他的行為並不是排外歧視」，共有二千六百八十二票；選項三：「科恩的行為反映他的排外心態，並不適合再經營服務大眾的尼霍克市場」，投這個選項的有二千五百四十八票。

用平方融資的方法，重新根據比重來分配選票：

選項一占百分之十一。

選項二占百分之五十八。

選項三占百分之三十一。

所以選項二得票最高，而且根據重新分配後選項二過半數，所以 N 鎮居民的意向是，科恩有錯，但他的行為並不是排外歧視。

「差那麼多？」袁尚軒盯著結果，口中唸唸有詞，並拿出手機叫出計算機程式。

「阿軒？你說什麼？」凱拉問。

「啊，沒有。」袁尚軒揚一揚手。他轉過頭，這時他才發現石小儒不在報館。

「不過幸好選項二勝出，而且過半數，特雷爾你現在放心啦！」凱拉笑著拍拍特雷爾的背。

「呀，我出去採訪。」袁尚軒披上外套步出報館。

一如袁尚軒所料，石小儒又在高中的足球場上跑圈。

「特雷爾應該放下心頭大石了？」石小儒看到袁尚軒並沒有感到意外。

「妳一早就知道結果吧。」袁尚軒坐在場邊的草地上，打開剛才拍下特雷爾筆電螢幕的照片。「這不是很奇怪嗎？選項三有二千五百四十八票，如果用平方融資分配法的算式，二千五百四十八的平方是六百四十九萬，總投票數六千三百七十二的平方是一千四百九十八萬九千，那選項三不是應該占百分之四十三嗎？選項二應該占百分之四十八，按規定因為沒有過半數而無效。」他叫出手機中的筆記應用程式，隨手畫了個表給石小儒看。

石小儒微笑著：「你看出來了。」說著她在袁尚軒身邊停下來喝水。

袁尚軒繼續說：「理論上選項三不可能只占百分之三十一，如果要選項三如公布結果般占百分之三十一，表示它得到的票數是一千九百六十六，比實

	票數	平方數	百分比
選項 1	1,142	1,304,164	9%
選項 2	2,682	7,193,124	48%
還項 3	2,548	6,492,304	43%
總數	6,372	14,989,592	100%

際得票少了五百八十二票。像這樣……

　　為什麼會這樣呢？因為有五百多人把票交給一個『領袖』，讓『領袖』代表他們投票。顯然，他們，甚至那『領袖』，都不了解平方融資的概念，越把票集中起來，影響力越低，這是以個人微小力量決勝負的方式……」

　　「是一千五百人。」石小儒打岔。「尼克向布麗琪的朋友打聽到了。幸好及時發現，當中有九百人左右把票退回給原來的人，讓他們重新投票，不然會輸得更慘，不過有五百多人來不及。」

　　「是啊，『及時發現』。」袁尚軒笑著點頭。「所以布麗琪就是那個『領袖』，她說服了一千五百人把票授權給她，然而她並不知道，這不是單純的以總得票多寡定勝負的投票。越是把票集中，最後分配的票越少。問題是，為什麼布麗琪會有那個想法？是不是她看到或聽到了什麼？例如……尼克他們把票授權給

	票數	平方數	百分比
選項 1	1,142	1,304,164	11%
選項 2	2,682	7,193,124	58%
還項 3	1,966	3,865,156	31%
總數	5,790	12,362,444	100%
總投票數	6,372		
差額	-582		

賽琳。」

「嗯，賽琳告訴你的？」

「她了解平方融資後，覺得不對勁，她說不明白為什麼妳要她那樣做。」

「嗯，賽琳非常聰明，不像布麗琪。其實布麗琪比賽琳更早知道公投的規則不是嗎？但她沒有去了解，只是看到我和索妮亞這兩個外型年輕醒目光鮮亮麗之人說的話，就盲目認定就一定是好的。她知道賽琳得到一些票的授權後，立刻就慌了。她馬上在群組中呼籲支持她的人把票授權給她。」石小儒嗤笑。「竟然有一千五百人相信，真可笑，『領袖』這個字果然有它的魔力，即使說著要打破舊思維的布麗琪也不例外。」

「老實說，那時我也不明白為什麼妳要那樣做。」袁尚軒看著球場。「不過昨晚之後，我知道了。妳誘使布麗琪集中選票，並不是要她在公投中落敗。妳讓尼克昨晚把這件事，告訴給索妮亞——不過是以布麗琪的名義。」

CHOK的討論區上，可以任意更改顯示的名字，尼克就這樣用布麗琪的名義留言給索妮亞。

「『布麗琪』得意地告知索妮亞她得到很多授權票、這次公投必勝，看到貼文的索妮亞，馬上跟布麗琪確認。我親眼看到了，那時還有七個小時就截止投票，索妮亞要布麗琪聯絡那些授權給她的人，我想是要確保把票還給他們時，他們有足夠時間重新投票。不過，因為已經是凌晨，很多人已睡覺了找不到人，時間實在緊逼，他們不能全數還原——即使索妮亞調校了時鐘。」

石小儒在袁尚軒旁邊盤著腿坐下來，她把手肘擱在膝上，手背輕托著臉向袁尚軒微笑。袁尚軒覺得那笑容帶著認可。

他把臉湊近石小儒一點：「對妳來說，這一切只是遊戲嗎？只是為了確認『消失的訊息』的手法，就弄了這場公投？」

這時石小儒的笑容更燦爛了，眼睛就像兩顆腰果仁。袁尚軒知道他猜對了。為了逼索妮亞再調校CHOK上的時鐘，石小儒故意製造了布麗琪集中選票的問題，然後在時間所剩無幾時告知索妮亞。

「妳昨晚在這裡跑步，也是在等尼克的通知。兩點的時候，妳收到時間調慢改了的通知短訊。」本國調校夏令和冬令時間就是在凌晨兩點，因為大部分人那個時候已在睡覺，所以索妮亞也選了在那個時候調慢時鐘。「從選項三沒有集中選票的結果，尼克他們很快便還原了吧。」

「嗯，根本就沒有授權很多票給賽琳，只是布麗琪太想贏，而自己根本不了解背後機制，聽到是新事物就盲目追捧，但自己卻仍是用舊的思維，要做領袖，要威風。不過如果不是她當初因為尼霍克不接受她的N幣而四處鬧事，我也沒有這個機會。艾莉娜說留言不是她傳給約希的，那可以是誰？約希只是受了點輕傷，而且連錢包也沒有被搶，那表示襲擊他的人並不是要搶劫或傷害他。那是為了什麼？」

「為了令他去不了派對。鎮上只有一人會不想他去參加——他的阿姨和監護人索妮亞。」袁尚軒失笑，那表示那天警察到約希家時，說不定石小儒已經懷疑索妮亞了。

「鎖定了索妮亞後，就是要找到讓訊息消失的手法。那時剛巧就發生布麗琪事件。」

「妳提出公投的方案，就是要引出索妮亞？」

「也不完全是啦，不過那不也很有趣嗎？我懷疑可不可以改動時間，這個機會剛好。如果索妮亞真的可以改動CHOK的時間的話，那她就很有可能當天把CHOK的時間調校了，不過不是幾個小時，而是校快了五年。然後她以艾莉娜的名義留言給約希、在橋底下襲擊他，並搶了約希準備帶到派對的大麻產品。我想在約希讀了訊息之後，她就把時間調回來。不過在留言的一刻，系統已經記錄了那訊息是五年後傳的。」

所以當亞伯倫搜尋紀錄時，即使已擴大範圍到前後二十四小時，也不會找到任何紀錄。

「如果只是調快了五年，那只要讓警察問亞伯倫，要他搜尋五年後的訊息不就好了嗎？」

「那就不好玩啦。」

「不是有點諷刺嗎？作為N幣的推手，索妮亞不停說要去中心化，要與時並進，她不是很支持休閒用大麻嗎？說要尊重使用者的自由，但最後竟然去阻止她的外甥用大麻。誰也會說好聽的話，嘴上說什麼大麻產品合法又安全，要抱開放態度不能干預別人的自由尊重別人的選擇云云，當那是自己的親人又是另一回事。還有，身為創新部主管，她應該有利用昆恩特斯工作的權限，監視著約希的通訊，所以她才知道約希和朋友會去參加大麻派對。公投也是一樣，鎮上的人害怕被標籤成老派排外歧視年輕人的爛人，有人看見的時候就不敢到尼霍克買東西。人本來就可以有不同的立場，但為了自己的形象，很多人對外表現的，根本不是真正的想法。」

說完後她突然靜下來，只是盯著球場的草地。雖然很輕，但袁尚軒聽到石小儒嘆了口氣。

「這樣好嗎？」袁尚軒問。「看來就像妳故意設個陷阱給索妮亞掉進去。」

石小儒沒有回答，她只是掏出手機，連上CHOK上那個N鎮討論區。「索妮亞應該多相信約希一點，我們要相信世界的運作。」她說。

討論區其中一個討論串是有關N鎮的大麻派對，最早的留言可以看到年輕人都很興奮，派對舉行後，有不少留言關於當晚發生的事，光是看那些留言，已有置身在派對的感覺，裡面發生的種種就像在眼前發生。留言的文字和語氣都充滿著稚氣，有些還提到學校，明顯就是高中生。而這股好奇和熱情，在派對後幾天還延續著，一直到尼霍克發生的尼克他們打架事件，以及關於喬伊誤吃加料布朗尼的事，在高中生之間傳開後，討論區一直有關於這些事件的討論，有人說大麻產品玩過就算了，沒有特別想再繼續用，另一邊廂也有人說產品真的讓他減壓放鬆，也有人說想試試「更厲害的」，不過立刻有人說那是成癮的開端，叫那個人去尋求協助。

「那個叫人去尋求協助的，就是約希。」石小儒說。

袁尚軒失笑。「我真的不明白，妳的計畫，理論上不會行得通，每一步，都要倚賴運氣不是嗎？如果布麗琪沒有同意公投呢？如果索妮亞沒有同意從平方投票改成平方融資呢？如果布麗琪沒有被尼克授權選票給賽琳的事影響到呢？如果沒有人授權選票給布麗琪呢？如果他們真的能在限時前還原，那索妮亞就不用調校時間了。妳看！每一步都有可能讓妳的計畫失敗、不跟妳的劇本走！」

「誰說我有劇本？」石小儒很直率倔硬地吐出一句。

那一刻，袁尚軒明白了。

石小儒根本不在乎。

她的腦中，沒有勝負。而且，在每一個環節，如果失敗了，她也可以全身而退，沒有任何損失。如果布麗琪沒有同意公投、如果索妮亞沒有同意用平方融資法、如果布麗琪沒有被影響到、如果沒有人授權選票給布麗琪、如果他們真的能在限時前還原、如果……她就再用另一個方法，去解開訊息消失之謎，對她來說，失敗不是什麼大不了的事，如果成功了，就是很有趣的事情。

袁尚軒一言不發地站起來，他不想給她看穿，他現在內心的悸動——因為，他覺得他能理解她，此時此刻，就他一個人。

「怎麼了？」石小儒笑著。「明白了就回家了？」

「嗯，」袁尚軒輕輕拍走屁股的沙泥。「要準備接下來的調查。」他叫出手機中的地圖，點開上面的照片，在某個地上打了星形記號。

「這是九月十四日下午五點十六分的時候，維拉迪上傳照片地點。」他說。

「你說的那個溫室？」石小儒問，邊用手指放大地圖。那應該是N鎮外圍不遠處的郊外地區，除了公路外，星型記號在一棟建築物上，四周什麼也沒有。

「樂川企業旗下的大麻種植場。」

Chapter 4 消失的契約

賽琳從尼霍克市場下班後，繞到胡迪的潛艇三明治店，諾亞說這天想吃潛艇作晚餐。

「賽琳！」胡迪熱情地跟她打招呼。「讓我猜，燒牛肉潛艇。」

「嗯，你總是記得諾亞最喜歡的。我要火腿潛艇，和一個辣肉腸潛艇。」

賽琳正從手袋拿出錢包，胡迪阻止她。「不用啦，我請客。」胡迪的兒子尼克在尼霍克市場打工，他知道賽琳很照顧尼克。

「不行，你這樣我會不敢再來的，那諾亞會失望啊，他很喜歡你這裡的潛艇。」

「哈哈，那謝謝光顧。」

賽琳本來準備掏出現金，但她留意到收銀機旁的平板。「啊，你接受N幣了？」接著她拿出手機，胡迪輸入交易後，平板顯示出一個QR Code。賽琳利用手機掃描QR Code用N幣付款。

「是啊，尼克幫我安裝的。原來那麼容易！對了……」胡迪俯身向前，明明店內沒其他人，他還是小聲地說：「你知道樂川搞的那個『認養計畫』嗎？」

賽琳當然知道，離N鎮不遠有個溫室種植場，本來是有個初創企業開發來打造什麼減碳本土農作物給像N鎮那些鄉下城鎮，不過沒多久就失敗了，那個溫室種植場就賣給了樂川。樂川剛拿到政府的種植許可，更在N鎮宣傳大麻株「認養計畫」，一般市民只要付一個固定費用，便可以「認養」一株大麻，可以為那株大麻命名，除了有證書外，樂川會把收成的半成作醫學用途，認養者會獲得兩成半那株大麻的收成，和樂川的會員折扣。

「你參加了那個計畫嗎？」賽琳問。

胡迪點點頭。「接受N幣後，越來越多人用N幣付錢，我拿著的N幣也越來越多，這時尼克說看到樂川外面貼著『認養計畫』的海報，他給我看那網頁，妳知道嗎，雖說兩成半的收成，但那也差不多等同認養費，再加上樂川的折扣，實際不是有不錯的回報嗎？我聽說，遲些樂川會擴展業務賣其他東西，所以折扣不一定要買大麻的。」

賽琳有點生氣地抿一抿唇，不過胡迪並沒有看到。那個尼克，上次偷偷光顧樂川偷偷買大麻軟糖捅了個大漏子，還沒有學乖。

「胡迪，你為什麼告訴我這些……？」賽琳有點防備，她以為是傳銷。

「啊，不不不，我不是要妳也參加，只是……妳不是跟報館那個女孩很熟嗎？」

「凱拉？」

「不是啦，那個從T市來的亞裔女孩。」

「啊，小儒？」

「對對對，她很聰明。」

賽琳聽說過石小儒給胡迪解釋區塊鏈的原理，難怪他覺得她很聰明。

「後天樂川給我們『認養計畫』的參與者辦了個視察，好像是檢查種植設施和投資解說。」胡迪說。「我在想，可不可以請石小姐也一起去，讓她看看有沒有什麼問題？」

「吔，真不巧，小儒公投後不久便回去T市啦，她只是來出差的，好像工作告一段落了。」

「這樣啊……」胡迪有點失望。

看到胡迪失望的表情，還有擔心他投資了大麻認養計畫，賽琳覺得不能丟下他不管。「這樣吧，我陪你去。」

聽到手機在耳邊震動的聲音，凱拉不情願地睜開眼睛。

「怎麼啦？星期六一大早打過來……」她的聲音有點沙啞，剛才看顯示的時間，還沒到七點，不過還在宿醉的她沒有心情發火。

「凱拉！起床啦！」那是她好友文森特。「去賺外快啦！」

「什麼外快？」聽到和錢有關，凱拉頓時打起了精神，她從床上坐起來。「要做什麼的？」

「快換衣服！我半小時後來到妳家接妳！」

「半小時？時間不夠……」凱拉趕緊掛電話，邊抱怨邊跑進浴室。

半小時後，文森特開車到達凱拉住的公寓樓下，如他所料，在那裡他等了半個小時。

「我們去哪裡啊？一大早的。」凱拉打著呵欠問，車子沿著公路走，已駛離Ｎ鎮的市中心。

「上課當然是一大早啦！」文森特笑著說。

「上課？」凱拉看著文森特把車子駛進公路旁的像是溫室的地方，繞到後面時她留意到已經有幾輛車停在那裡。「週末上什麼課？」

「外快啊，不要說我有好康沒有告訴妳。」文森特微笑喝著咖啡。「妳的手機呢？打開ＣＨＯＫ！」

凱拉打開了在手機中的ＣＨＯＫ應用程式，然後把手機遞給文森特。「然後呢？」

「妳知道在ＣＨＯＫ裡面，參與一些例如義工或是什麼的，可以得到Ｎ幣吧？」

「嘖，我還以為是什麼好康！」凱拉笑著。「我早就做過啦，得到的 N 幣少得可憐。」

「哈，我何時有騙過妳？妳記得週末特別班嗎？」

那是疫情時的事，為了保持社交距離，學校不能正常上課。但是經歷了差不多兩年網上課程，不少學生、特別是小學生和家裡經濟條件較差的，學習上明顯落後。後來在新一波疫情出現時，學校為了避免重蹈覆轍，實行了特別分班，把學生上課時間分散，甚至週末也有課，並招攬失業的年輕人或大學生當短期工，這一直作為地區教育靈活對應的方案。

「現在又沒有新一波疫情，為什麼會有週末特別班？」雖然 T 市的確診數字最近又再上升，但還沒到爆發的程度。凱拉走下車，她看到溫室旁有個牌子，她走近去看清楚。「喂，這裡是樂川的種植場耶！哪來週末特別班？」

「妳不是現在才知道這裡是樂川的種植場吧？」文森特翻了翻白眼。「虧妳還在報館工作。那妳肯定不知這裡疫情時曾用作臨時學校吧？」他邊說邊向在溫室旁站著的一群人揮手。「我發現，原來會發 N 幣的義工活動中，竟然有這一項，而且發放的 N 幣金額非常高！」

「那當然啊，週末特別班的工資是有名的高呀！」因為要求有大學學歷，又願意犧牲週末看管小屁孩，所以工資媲美專業保姆。「但這不是週末特別班呀！」

凱拉的聲音有點不耐煩。

「凱拉，妳自己看看！」文森特把手機還給凱拉。

「咦？這……」在凱拉的ＣＨＯＫ介面上，顯示著她正在擔任「Ｎ鎮市立小學週末特別班導師助手」，時薪是八十元Ｎ幣，狀態是「待確認」。

「我也不知道為什麼，只要妳在ＣＨＯＫ上在這裡打卡，就可以看到這個選項。看來在欒川買下這裡後，他們忘記把選項除去。」

「可是不是要導師確認嗎？」

文森特指向其中一個在抽菸的年輕人。

「那真是好康耶！為什麼現在才說？」

「我也是昨晚和他們去酒吧看球賽時，他們說起才知道的，我有打電話給妳，不過妳一直沒接，所以才一大早吵醒妳。對了，昨晚妳去了哪裡啊？」

「……啊，沒有，大概是看影片不知不覺睡著了吧。」

「不過要在這裡待五個小時，畢竟這是『Ｎ鎮市立小學週末特別班』啊。」說到「Ｎ鎮市立小學週末特別班」時，文森特舉起雙手的食指和中指，做了個雙引號的動作。「那現在我們只要享受和朋友一起的寶貴時間——疫情時我們失去不少那些聚會。」

剛才站在那裡的十多人，其中幾個提著尼霍克市場的膠袋，裡面有汽水零食，另外一人拿著一個謎樣的紙袋，裡面有幾瓶沒有標籤的飲料。

「喂，進去啦，這裡好冷！」其中一個女孩說著。

這時文森特突然舉起手示意所有人不要作聲，他伸長脖子看溫室另一邊。

「有人來了！」他緊張地叫拿著謎樣紙袋的人把東西藏好，其他人也湊到文森特身後。

「呀，那是在樂川打工的女孩！」其中一名男孩放輕鬆。

「是你叫來的嗎？」

「沒有啊。」

「咦？還有其他人進來啊。」另一人看著幾輛駛進來的車子。「這裡週末也營業嗎？」

「那是阿軒！」不久凱拉看到袁尚軒的車子也駛了進來。

「先看著，再伺機行事……」文森特小聲說著。

▌

視察會是在週末，賽琳剛巧不用上班。胡迪接近一大早到賽琳家接她一起去種植場。

「我昨天做了快速測試。」胡迪打開手機中的應用程式，上面顯示著胡迪已經接種疫苗和快速病毒測試的日期。「妳做了嗎？」

賽琳點點頭。樂川通知所有視察會的參加者，除了已接種疫苗外，還要有四十八小時內病毒測試的陰性結果。

「T市的疫情好像開始蔓延了。」賽琳用手機看新聞。

他們在視察會開始前十五分鐘到達，但奇怪的是，溫室外已經停了不少車，不過並沒有看到有人，大家好像都仍待在車上。在賽琳他們疑惑時，有人敲了敲他們車窗。

「阿軒！」賽琳對袁尚軒揮手。他指一指後座，表示問他們他可不可以上車，胡迪招手叫他上車。

「嗨，早安。」袁尚軒說著。「我剛才採訪了幾個人。」

「阿軒你是來採訪視察會的？發生什麼事？為什麼沒有人下車？」賽琳看著其他車上的人。

「嗯，因為『認養計畫』只接受N幣，所以我來採訪。不過好像安排出了問題，本來是樂川的區域經理要帶參加者進種植場視察認養了的大麻株，和看看裡面的設備、檢查溫度濕度等等。但昨天他的太太確診，所以他要留在T市家中隔離。而且好像是因為要控制疫情，省政府前幾天公布了限制，現在不能讓所有人都進去，但樂川好像沒有及時通知參加者。」

賽琳看到在種植場外面，站著一個年輕女孩。她認得是大麻店的員工，之前和石小儒去大麻店時見過她。女孩一臉迷茫，一直在按手機，打了幾通電話好像都找不到要找的人。大概是等得不耐煩，有幾輛車上的人陸續下車走向那女孩，但賽琳感受到他們對女孩不太友善。

「太過分了吧，簡直就是在欺負小孩。」賽琳忍不住走下車。胡迪和袁尚軒也來不及阻止。

「哈，她就是那樣。」胡迪對袁尚軒邊說邊相視而笑，然後他們一起走下車。

「喂，你們想怎樣！她才只是職員耶！」賽琳跑過去。

「拜託！她要我們等到何時？」一名男人說。

「呃，我找不到負責人。」女孩一副快要哭的樣子。

「既然那樣，那妳按原來的安排讓我們進去不就好了嗎？」

「但是⋯⋯不是說現在室內公眾場所不能多於五人嗎⋯⋯」女孩說。因為T市和幾個鄰近城市開始爆發新一波疫情，省政府果斷地宣布緊急防疫措施，包括室內非緊急服務場所聚會不能多於五人。

「這裡都是付了錢參加了『認養計畫』的！多於五人也沒關係啦，又沒有其他人會知道，N鎮又沒有人確診，只要我們大家不說出去的話⋯⋯」另一人說。

「喂！你可不能這樣說。」賽琳正色。「限制室內人數本來就是要控制疫情擴散，如果所有人都漠視的話，萬一我們當中真的有無症狀帶菌者，那不是很危險嗎？如果真的出現感染群組，那她要如何背那黑鍋？」

「那妳說怎麼辦？作為投資者，我們不能不檢視啊。」

「不如延期吧。」賽琳問。「疫情的限制只剩下七天，那把視察延到下週末不就可以了。」

「應該不可以吧。」其中一人說。「因為現在是種植的初期，這個視察會本來就是讓參加了認養計畫的投資者認可這裡的設備，簽名確認後我們才會付認養費的餘額的。如果延期的話，所有後續工作都會延後。而且以前疫情第一、二波時我們也領教過，萬一限制措施效果不顯著的話，那就有可能延後七天又七天，我……不肯定我們是不是能這樣被動地等。」

資金斷鏈——在旁聽著的袁尚軒立刻意識到。這個「認養計畫」，說穿了就是大麻店利用這計畫去得到「免費」的融資去營運養殖場。但如果認養費延後取得的話，就很可能引發骨牌效應。

「不如這樣吧，」另一人說。他看起來比較年輕，大約二十出頭。「在我們當中選四個代表跟職員進去，那就不會超過限制人數。」

大家都跟著點頭，看來都同意這提議。

「好，那有誰想當那視察代表？」職員問。

出乎意料之外，現場大約五十人中，大部分人也舉起手。大概因為覺得種植場很新鮮，很多認養者也想進去看。

「怎麼辦呀？大家也想參加。猜拳決定嗎？」胡迪問。

「那麼草率！」年輕人的反應意外地大。「你們這些所謂『投資者』，真的懂大麻嗎？」說完他冷笑了一聲。

「喂，小子！你這是什麼態度！」

「對耶！你有什麼資格這樣說？」

看著一場衝突正在醞釀，袁尚軒拿出手機開始錄影。

「等等！」賽琳走到那年輕人前面，以防他被其他人扁。「我有辦法！」

「妳有辦法？」年輕小子打量著賽琳。「妳懂種植？」

「我不需要懂。」賽琳沒好氣地說。「既然是這樣，那就讓最懂的那四個人負責。呃……」她轉向那職員。「不如妳擬定……二十道有關的問題，然後最快答對最多問題的四人便可以進去，那四人要負責視察種植場設備和確定裡面的大麻株，不單是他們的，而是所有人的。」

「那……」女職員臉有難色。

「那太費事了。」其中一名投資者說。「先不說職員小姐有沒有能力擬好問題，還要選出最快答完題的四人，太慢了。」

「對，」另一人說。「而且這擺明就是對懂種植的人有優勢，他們一定會比我這種普通投資者快，那真的公平嗎？」

「我覺得這辦法很好啊！」反而是那年輕人輕佻地笑著說。

「對，這不公平！」

「我可是投資了很多錢耶！」

眾人又開始七嘴八舌，賽琳又再努力安撫著所有人。

「呀！我想到了！」嬌小的賽琳舉起手，讓站在外圍的人也看到她。「那就押注吧。」

「押注？」

「對呀，你們每一個人提交願意從投資中拿出來押注的金額給職員小姐，她從中選出最高注碼的四人，由他們進去。」

「但是那豈不是最有錢的說了算？」有人抗議。「我怎知道那四人會不會亂說，或是隨便看看便說視察了？如果種植場有問題的話，那我們就會血本無歸！」

賽琳笑著點頭。「你的憂慮不無道理。的確，最後進去的必定是注碼最大的，那個押注可不是空話，如果有問題——例如他說有二百株但原來只有一百五十株，那在收成派紅利時就會被揭發，那就可以從現在負責的四人的注碼中扣除彌補損失。另外如果設備有明顯問題的話，作為投資了最多的幾位，他們不也會蒙受最多的損失嗎？所以為了自身利益，他們也會做好視察的工作。」

最後大家也同意了賽琳的提議，袁尚軒在一旁看著他們在準備押注，確定進去視察會的人選……等待期間，袁尚軒看到凱拉和她的朋友也在人群中，她看到袁尚軒時有點尷尬地向他打招呼。

兩天後，凱拉、文森特與和他同住的室友、另外兩名視察會的參加者和他們的家人，包括一名小孩和他的四名同班同學，陸續出現發燒、咳嗽、呼吸困難等症狀。

▌

「你不是想回來嗎？」筆電的螢幕中，是《紅葉郵報》財經版的主任編輯，也是袁尚軒調職前的主管。

「我在隔離呀！」袁尚軒笑著搖搖頭。「你已經醉了嗎？」

每隔一陣子，袁尚軒都會回T市，偶爾會和主編碰面。不過N鎮緊隨著T市出現新一波疫情。最先出現的是「樂川視察會群組」，也就是文森特他們染疫的途徑，因為衞生當局找不到感染源頭，為避免蔓延成T市般的社區大規模傳播，祖利安宣布 N 鎮進入緊急狀態十四日，學校進行特別分班，室內聚會實施更嚴格限制。

視察會那天到場採訪的袁尚軒被視為緊密接觸者，雖然他沒有症狀，但他也決定在家隔離觀察幾天，所以他這晚改為和 T 市的主編視訊「遠距酒聚」。

「我是指回來《紅葉郵報》呀。」鏡頭前的主管喝了口啤酒，看他通紅的臉，這應該不是這晚的第一瓶。「這幾個月你做了什麼？ＵＢＩ的專題報導寫得怎樣？連個初稿呀，編寫方向也沒有。」

「我有在準備啦。」袁尚軒喝的是威士忌，T 市家裡的東西沒有全部搬過來，他只是用在一元店買的玻璃杯，味道竟然也真的和用巴卡拉的水晶杯盛的不一樣。

「班華說，前陣子的公投，你也只是交了篇例行報導，我也看了。」主管說。「完全沒有了你剛來時寫ＵＢＩ那篇報導的氣勢。他還說，你常常跑出去採訪，但都不見稿子有什麼特別。我警告你喔，不要再像以前那樣，查到什麼不要收收藏藏，跟班華或我先商量一下，再決定下一步行動，知道嗎？」

「班華還說了什麼我的壞話呀。」袁尚軒把話悶在心裡，不是沒有氣勢，只是還在調查當中，他覺得還不是時候告訴主管，自己在調查記者維拉迪的事。公投的時候，本來他還有點記者的頓悟，想以不同人的觀點與角度的差異，去寫一篇探討去中心化對取消文化潮流可能的衝擊。但當他發現石小儒在背後的操作後，就不知道如何下筆了。

「沒有啦，你比我更清楚他，他好像不是會微管理下屬的人。」主管把手中的那瓶啤酒喝完。「話說回來，他完全不像報館總編，我聽他說話的口音，好像是東歐那邊的人？」

「咦？你不是一早就認識班華嗎？」袁尚軒有點驚訝。據他所知，班華是七年前入主《導航員報》的，主管在《紅葉郵報》多年，應該是看著《紅葉郵報》收購《導航員報》和班華的加入的。

「當年他是隨著收購加入報館的吧，嗯，那年的聖誕派對中有介紹過，說他以前是從事電玩遊戲產業的，好像還是程式人員出身呢，因為他是以投資者的身分，而不是作為總編聘請回來，而且不是做新聞出身的，所以反而有印象。不過地區小報，誰會去管哪。」

袁尚軒有的沒的應著主管，但是他的眼角暗地裡看著桌上的筆記。

「新來的小雪人
被欺騙 被欺騙
錢都丟了 消失了 消失了

新來的小雪人
被無視 被無視
訊息都丟了 消失了 消失了

新來的小雪人
被背叛 被背叛
契約都丟了 消失了 消失了」

亞烈謝小學畢業的致詞，暗指亞伯倫、索妮亞和祖利安不守約定，沒有在畢業舞會那天一起離家出走，讓他一個人在雨中呆等了一整夜。

二十幾年後，這三個人，因為工作，又重聚在故鄉的鎮上，而一直和《導航員報》合作的自由記者維拉迪，這時挖出了這段二十幾年前的往事。

錢都丟了——獲得N幣的高中生，無故失去了少量手頭上的N幣。亞伯倫負責N幣客戶支援和使用者介面，利用預先設計好的介面漏洞，嘗試把小額轉帳給自己。不過因為高中生貪玩用N幣輪流去買大麻，使這漏洞暴露出來。

訊息都丟了——小男生收到女生邀約，在約定地點竟然遭到襲擊，後來能指證女生是邀約者的留言竟然不見了，連系統上也找不到任何痕跡。口中一直說要擁抱新時代、要與時並進的索妮亞，心底裡還是不希望未成年外甥去參加大麻派對。

兩個事件，看起來是無傷大雅的小事，但事件背後帶出的「犯人」，都和N鎮的UBI和N幣幕後推手有關，而且都顯示N幣和它背後區塊鏈的漏洞。

為什麼那段畢業致詞會在這個時間出現？維拉迪和亞烈謝有什麼關係？如果有人，跟著這致詞，去報復亞伯倫他們三人當年的背叛……

「你笑什麼？」主管問。他看到袁尚軒在笑。

「哈，沒有，只是想起一些報館裡很白目的事。」袁尚軒扳扳手搪塞過去。太可笑了，即使真的是亞烈謝回來報復，他又怎會知道亞伯倫他們做的事？而且，他又怎會知道事件真的會如致詞的順序發展？

不過，如果這真的如克莉絲蒂的「童謠殺人」那種套路的話……契約都丟了。

剩下的只有祖利安。

▌

「你這個蠢材！」祖利安大聲罵人的聲音，連在他辦公室外走廊上的袁尚軒也聽得到，站在門外正想敲門的秘書，只有尷尬地向袁尚軒笑了笑然後走進去。通知祖利安已到了袁尚軒預約的時間。

「什麼聲音？」手機另一端的特雷爾問。趁著待秘書通報時，袁尚軒接到特雷爾的電話，說班華要開會。

「我在市政府那邊，剛才那是祖利安……嗯，他好像在和誰通電話……嗯，我這邊結束會立刻回報館，呀，我要先掛了。」袁尚軒看到秘書從辦公室出來示意他可以進去。

「袁先生，不好意思讓你久等。」戴上口罩的祖利安跟袁尚軒打招呼。「疫情的事真令人頭痛。」

「我明白。還沒有找到源頭嗎？」

「看來他們都是在視察會感染的，不過就是不清楚源頭是哪裡，只能確定病毒的基因排列和T市新一波疫情是同一個變種。你是想問疫情的事？」

「啊，不，市長先生，不過也是和疫情有關，現在鎮上有新一波疫情，會不會影響UBI和N幣的測試？」

「叫我祖利安。」雖然隔著口罩，但袁尚軒可以感到祖利安在露出他的招牌微笑。他坐在那人體工學椅子上，擱在兩邊椅柄的手肘，雙手十指交叉合十。「測試已經進行了差不多半年，雖然半年其實還只能算很早期，不過我們一直和合作夥伴評估成效，暫時的結果是很令人鼓舞的。因為第一階段的測試已接近尾聲，所以疫情的影響並不是太大。」

「那政府下一階段的計畫是什麼？會擴展到全 N 鎮的居民？之前的公投已經差不多包括了全鎮居民。」

「因為之前的合作協議是一年期，不過我們正在草擬更新合約，把合夥期延長。」

「N 鎮市政府與 AA 科技和昆恩特斯簽訂的合約，具體是怎樣的安排？」

「細節當然是商業機密，畢竟昆恩特斯是上市公司，訊息披露有很嚴格的規定，不過我可以簡單告訴你。昆恩特斯在發展屬於本國的區塊鏈和加密貨幣技術，整個 UBI 計畫就是試點。因為之前的疫情，各級政府的預算都投放在振興經濟和改善醫療系統方面，根本沒有資源投放進區塊鏈技術的發展和監察，為免我國在這方面落後於其他國家，加上昆恩特斯願意出錢發展，聯邦政府也睜一隻眼閉一隻眼。昆恩特斯、AA 科技和 N 市政府組成聯營公司，由昆恩特斯提供區塊鏈和產出 N 幣的技術，還有利用 CHOK 平台和用戶數據的許可，AA 科技作為昆恩特斯的子公司，則負責客戶服務、用戶介面的開發。」

袁尚軒低頭在做筆記，但他其實在思考。

契約都丟了。

如果一連串的事件真的如亞烈謝寫的畢業致詞般走的話，那祖利安就會是下一個事件的犯人。如果是契約的話，袁尚軒只能想到有關UBI和N幣的合約。不過剛才聽祖利安說，那起來像是很標準的合作協議，究竟會出什麼問題呢？既然第一階段的測試已經完結，而他們還沒有簽訂延長合夥期的協議，那消失的是什麼合約？為什麼祖利安要合約消失？

這時祖利安的手機響起。「不好意思，我出去接一下，你自便。」說著他便離開了辦公室，留下袁尚軒一人。

袁尚軒留意著，確定祖利安走遠後，他開始在辦公室內走動，先是裝作在那裡來回踱步，看來像是因為無聊。然後他裝作不經意地走近祖利安的辦公桌，再若無其事地輕輕翻著上面的文件。

竟然把政府文件隨意擱在桌上，這個市長真是的——袁尚軒翻了個白眼。

「這是什麼？」辦公桌上有一個已經打開的信封，上面沒有寄件人或收信人的名字。裡面有幾張紙，上面列印著一些東西。本來袁尚軒以為只是些例行公文信件，但細看之下，上面竟然是令袁尚軒驚訝的內容。

「非現金交易」

「黑色星期五／逾期失效」

這些不是維拉迪之前留給《導航員報》的訊息嗎？為什麼會在這裡？

在袁尚軒沒有搞清楚個所以然時，眼前另一份文件讓他掉進更大的謎霧中。

「這是……？」袁尚軒眼前的合約抓住了他的注意。「回購合約？」

那是亞伯倫的ＡＡ科技和樂川母公司之間的合約。內容大致是ＵＢＩ和Ｎ幣的測試計畫推出後，ＡＡ科技會向樂川以某個價格回購樂川得來的Ｎ幣。

「回購合約？是要給樂川接受Ｎ幣的誘因吧……」袁尚軒想起尼霍克市場不接受Ｎ幣而引發的事件。不過那回購合約簽訂的日期是ＵＢＩ發布之前，也就是比布麗琪在尼霍克市場搞事早很多。而且ＡＡ科技和樂川之間的合約，為什麼會在祖利安的辦公室內？

這是不是祖利安剛才發飆的原因？如果是的話，那他罵的，會不會是亞伯倫？但為什麼祖利安會那麼生氣？這看起來就只是一般的合約……

正當袁尚軒想仔細再看合約內容時，一陣刺耳的聲音從天花板的擴音器傳出，那是火警鐘的聲音。不久就傳出「請保持冷靜，跟從指示離開」的廣播。

火警？

辦公室外傳來職員陸陸續續撤離的腳步聲，袁尚軒看看門縫，不像有濃煙。真的是火警嗎？他猶豫著，這是超難得的機會，整棟大樓的人都撤離了，待消防員來到調查清楚，再開放給職員回來，少說也要一個鐘頭。他有足夠時間看完這份合約。不過，現在所有人都在外面，如果祖利安看不見自己的話一定會懷疑……

「該死的！」雖然不甘心，但是袁尚軒還是決定離開。

但是，才走了一步，他又折回辦公桌，猶豫了一秒後，他把那份回購合約草稿塞進自己的公事包。

▌

回到報館已經過了五點，袁尚軒才剛放下東西，特雷爾催促他去班華的辦公室開會。

「怎麼了？」袁尚軒拉了張椅子坐下來，但是他想著的，是在自己辦公桌底下的公事包，裡面有剛從祖利安那裡偷來的、樂川和ＡＡ科技的合約，他還沒有機會看。

「阿軒，你來了這麼久，我們好像沒有開過編採會議。」班華坐下來，把玩著手中的壓力球，輕輕嘆了口氣。「其實呢，我們這裡也滿輕鬆的，畢竟像我們這種地區報，你不能期待我們像《紅葉郵報》那種氛圍。」

袁尚軒好像明白班華的意思，《紅葉郵報》財經版主編前陣子好像找過班華談自己的事，他覺得也許班華以為自己對他有意見。

「不過這次UBI和N幣的推行是一個機會。阿軒，你不是要寫專題的嗎？除了一開始跟祖利安做的訪問外，你一直在外面跑，但是都沒有交過一篇稿。究竟發生什麼事？」

啊，原來是催稿。

特雷爾看了袁尚軒一眼，他知道袁尚軒調查了鎮上和N幣有關的怪事──消失的N幣、消失的訊息……不過最後袁尚軒都沒有完成報導。

「班華，我是有進行調查，不過還有些未解決的部分，所以還不能刊出。」袁尚軒解釋，特雷爾點點頭表示同意。

「特雷爾，你也知道？」

「啊，不，我只是同意阿軒說的。我們也看到的，阿軒一直很勤快，他出去採訪不同的人，不過如他所說，如果有未解決的部分，就那樣刊出好像不好吧……畢竟我們不是譁眾取寵的小報，未完全證實的東西就刊出來，太不負責任了。」

所謂的「未解決」的部分，袁尚軒和特雷爾很清楚，就是維拉迪的失蹤。自從市政府公開了UBI的計畫後，本來是《導航員報》自由記者的維拉迪，留下謎一般的訊息就失蹤了。然而之前的事件，卻又竟然好像和維拉迪留下的謎團有關，所以特雷爾和袁尚軒加上石小儒，背著班華暗地裡在調查維拉迪失蹤和N幣的關聯。

「特雷爾說得對。」袁尚軒癱在椅子上。「班華，你也知道，我就是因為沒有調查清楚，才會在《紅葉郵報》出包。」他當然沒有說「然後被貶來這裡」。

要回《紅葉郵報》，一定要寫出爆炸性的報導。只是單純地敘述那些事件，根本沒有看頭，袁尚軒覺得，揪出那些事件和維拉迪失蹤的陰謀，才是他想要的爆炸性新聞。

「N幣的測試期快過了，之前那麼威風地拿到獨家，在市政府和昆恩特斯簽訂長期協議前，我要看到《導航員報》的專題報導。我不管，你給我匯報到現在為止你查到的東西！」班華盯著電腦螢幕按了按滑鼠。「特雷爾，你去把列印好的東西拿過來。」

特雷爾跑出班華的辦公室，報館只有一部列印影印機，在儲存室和舊文件文具放在一起。大約五分鐘左右他便跑回來，手中拿著三疊列印紙。

「我已經做了些題目的草稿和編採方向，還有一些資料，你們看看怎樣分配，想想要訪問哪些人，要找哪些資料……什麼……」班華看了看外面。「你們等等。」說著他走出辦公室。

「喂，阿軒，你覺得怎樣？維拉迪的事，我們還沒有頭緒……」

袁尚軒把食指放在嘴前，特雷爾立刻噤聲。

幾分鐘後，班華回到辦公室，但有一個意想不到的人跟他在一起。

「市長先生！」袁尚軒站起來。

「祖利安就可以。」祖利安示意他不用站起來。不過袁尚軒感到，祖利安沒有早前在市政府時的熱情，他當然猜到祖利安來的目的。

「阿軒，市長，呃，祖利安特地過來，他說，你可能拿了他的東西……」

果然。

「我不明白……你說我拿了你的東西？」袁尚軒皺起眉、裝成一臉不解。回來的路上，他也知道，祖利安早晚會發現，自己拿走了那份合約草稿。所以也早擬想好了，如果祖利安找上門的話，他就會裝火警疏散的時候錯手拿走合約。不過沒想到祖利安那麼快就來了，他還沒機會好好細讀合約。

「嗯，你稍早時候來，火警後我回到辦公室，發現本來在書桌上的合約不見了。」

「不可能，一定是搞錯了。火警前我是有借用辦公桌整理了一下採訪筆記，但我並沒有拿走任何東西啊。」既然要裝，當然要裝到底。

「那……可以讓我看一下你的公事包嗎？剛才你來採訪時帶著的那個。」

「等等，」班華介入。「市長先生，你是在說我們阿軒從市長辦公室偷東西？這可是很嚴重的指控。而且，阿軒的公事包裡面可能有其他新聞材料，還有那是他私人東西，並不可能是你說看就看吧？」

「我明白，我並不是說袁先生偷東西。」祖利安攤開雙手。「他也承認當時用過書桌，也許他是錯手拿錯呢。我也只是在徵求袁先生同意給我看他的公事包。袁先生，這完全是你的自由，但我是覺得，既然可能是一場誤會，何不讓我看一看，好釋除我的懷疑。」

班華和祖利安你一言我一語，特雷爾有點不知所措地看著他們。袁尚軒沒有說話，他覺得先讓班華擋一擋是最好的，他是自己的上司，而且涉及隱私和新聞材料，就先看看作為報紙老闆的班華能不能擊退祖利安。萬一祖利安真的堅持，那最壞的情況，就是給祖利安檢查公事包，在他找到合約那一刻裝出非常驚訝的樣子，誠懇地為自己不小心錯拿走了合約道歉。

「市長先生，我不希望和你玩法律，我只是希望，你尊重我的下屬——我們《導航員報》是如何支持N市推行UBI和N幣，相信你也記得，阿軒是如何用心地寫你的獨家專訪。」

哈，班華竟然亮出這張牌——袁尚軒心裡暗喜。他向祖利安暗示，之前《導航員報》用訪問給祖利安建立了一個精明正面的形像，現在是他應該回應那份人情的時候。

祖利安盯著班華半晌，眼神有點不忿。「好的，班華，我相信你。不過……如果你找到任何東西的話，請務必通知我。」

袁尚軒心裡已經在尖叫——班華！幹得好！但是他保持著他的撲克臉表情。

和特雷爾目送著祖利安離開報館，本來袁尚軒鬆了口氣。但班華確定祖利安的車子開走後，他關了報館的門。「阿軒，把你從祖利安辦公室拿走的東西拿出來！」

「誒？你說什麼？」袁尚軒一臉驚訝。

「去你的，不要跟我裝蒜。難道你真的以為我相信你什麼也沒有做？我看你，沒有拿才奇怪！」

袁尚軒嘆了口氣搔搔頭，他慢慢地走到他的辦公桌旁，把底下的公事包抽出來。

「咦？」袁尚軒本來一邊不情願地打開公事包，但是……

公事包裡的合約不見了。

■

在公寓吃過晚餐後，袁尚軒越想越覺得不對勁，雖然已經是深夜，但他還是開車回到報館。

本來他以為一定是祖利安趁他們在班華的辦公室開會時，先靜靜地從他的公事包取走合約，再若無其事地在他們面前上演那對峙的戲碼。

不過事後回想，如果祖利安的目的是拿回合約的話，既然已經拿到，他大可以趁沒人看見時離開，根本沒有必要做那場戲。而且他出現時，並沒有帶著任何手提包，那他拿回合約後，是怎樣帶走的？

除非——「藏葉於林」。這也是為什麼袁尚軒深夜也要趕回報館的原因。祖利安當時不可能隨身藏起那份合約，所以最有可能的是，他從袁尚軒的公事包拿走合約後，先藏在這報館的某處，待有機會時再回來拿。

不過看來袁尚軒慢了一步。

看到在報館黑暗中的人影時，袁尚軒心裡緊張起來，他趕緊從後門偷偷走進報館。那個人在一張辦公桌旁，並打開了抽屜。袁尚軒屏著呼吸，注視著那個人的行動。雖然那個人穿著大衣，但看得出是個纖瘦的人。不像是祖利安，袁尚軒暗忖，究竟是誰？

雖然他背著袁尚軒，但看他的動作，好像很清楚要找什麼東西，然後從口袋中掏出什麼。所以還沒看清楚那個人的臉。趁那人專注地在找東西，袁尚軒準備上前逮住他，但同一時間，那人也發現原來報館還有其他人並轉過身來。這時袁尚軒距離那人只有兩公尺左右，正當他以為可以看清那潛入者的樣子時，一束強光突然照到他臉上，嚇得他立刻退後兩步，但是他一個不小心踩到後面有滑輪的椅子，整個人向後跌倒屁股著地。

「阿軒？」

「誒？」袁尚軒雙手擋在眼睛前。強光從他臉上移開，那是手機電筒的光。

「小儒？」他撐起身子坐在地上，該死的，為什麼總是在石小儒面前弄得像個滾地葫蘆的？

公投後不久，石小儒的工作也告一段落回去T市，報館內她的臨時辦公室，也變回空空如也的會議室。沒有了石小儒，而前陣子凱拉因為感染在家休息，報館的氣氛也沒有以前熱鬧，袁尚軒也感到有點失落，畢竟他第一天在這裡上班，第一個認識的就是石小儒。

「阿軒你在做什麼？黑漆漆的又不亮燈。」石小儒走到牆邊啪地按下日光燈的開關。

「妳還不是？」袁尚軒邊按摩腳踝邊說，他覺得之前扭到的地方好像又有點痛。

「我忘了拿這個，班華說我可以隨時回來拿，我明天沒什麼事，便今天早點下班來。」石小儒揚著手中的瓶子。「因為還有一些後續的工作，我還保管著備用鑰匙。我以為那些燈會夠亮……」她指著辦公室牆上的燈，那些下班後也會亮著來照亮通道。

「那是酒嗎？」袁尚軒瞇起眼睛。「為了這個特地從 T 市駕車來取回？叫我或特雷爾寄給妳就好了嘛。」

「這是加了蕎麥的蜂蜜，朋友從日本帶給我的，我喜歡加進咖啡中。」石小儒露出袁尚軒感到久違了的笑容。「我不想麻煩你們嘛，寄玻璃瓶滿麻煩的。你還沒說，這個時候不亮燈幹什麼。」

袁尚軒只有告訴石小儒關於「消失的契約」的事。

「所以你覺得祖利安把東西藏在報館？」

「嗯，整個報館都是舊報紙文件資料等等，可以藏的地方多得是。」

「但是理論上班華和特雷爾不是更有可能嗎？開會時他們都曾分別獨自離開過班華的辦公室。」特雷爾去儲物室拿列印，班華則是聽到外面有動靜而出去看個究竟，並發現祖利安。

「但是只有祖利安知道我拿了合約呀。我想過了，當時班華、特雷爾和我也在班華的辦公室內開會，所以這裡沒有人。後來班華看到外面有動靜，出來察看時才見到祖利安。如果祖利安其實在稍早時已來到，只是不動聲色地走到我的座位，從我的公事包內拿走了合約，再特地讓班華發現他……」

於是石小儒和袁尚軒分頭在找，但是找了兩個小時都沒有任何的發現。

「看來沒有耶。」石小儒扠著腰吐了口氣。「你說那是什麼合約？」

「那是ＡＡ科技跟樂川回購Ｎ幣的合約。」

「回購？」石小儒瞪大了眼睛。「是以折扣價回購吧？」

「好像是八折的現金價，我沒機會仔細看清。」

「那大概是祖利安要從你那兒拿回合約的原因吧。」

「怎麼說？」

「你想想，樂川那個認養計畫的細節。」

「認養計畫……啊！」經石小儒一提示，袁尚軒便理解了，他從手機叫出採訪胡迪的筆記。「ＡＡ科技協議向樂川回購Ｎ幣，而樂川的認養計畫只接受Ｎ幣，而且認養的價錢比一般種植的平均成本高，不過樂川用捐款等等包裝，加上市民想脫手Ｎ幣，對樂川來說，這根本就是無本生利。不過因為視察會，造成疫情在Ｎ鎮爆發，市長祖利安當然不想外界知道因為Ｎ幣造成防疫缺口，所以他不想讓外界知道有這份合約……小儒？怎麼了？」袁尚軒發現石小儒雖然盯著他看，但她的眼神有點放空，那是她在想事情的表情。本來侃侃而談的他登時住口，好像得不到石小儒的認同，便不敢再說下去。

他又再感到自己在她面前的窩囊。

「哈，」石小儒冷笑了一聲。「祖利安也不笨。」

「那我呢？」袁尚軒沒放過機會。「我夠聰明嗎？」

石小儒卻放聲笑了出來。「你幾歲了？要得到姊姊的稱讚？那要不要星星貼紙？」

「妳送的話我當然要。」袁尚軒問石小儒。「那賽琳呢？」

「誒？」

「那天在視察會，賽琳提出的解決方法，是妳教她的嗎？」他播放在手機內視察會的影片給石小儒看。「賽琳提出的辦法，不就是工作量證明ＰｏＷ和權益證明ＰｏＳ的原理嗎？」袁尚軒沒好氣地說。「我只能想到是妳教她的，公投的時候她就對區塊鏈和Ｎ幣的運作很有興趣。」

一開始賽琳說，讓最快答對有關種植的四個人進去，本質上就是ＰｏＷ——袁尚軒在翻他的筆記——就如比特幣的礦工，就是指當交易的驗證人。比特幣的運作，是要想當驗證人的人，比快解開算式，每解開一道算式，就驗證了交易，可以得到比特幣作回報，同時鏈上會多加了一個區塊。區塊越多，就越多算式要解，所以對電腦運算能力的要求越來越高。所以以前只用普通電腦就可以當「礦工」，現在卻要運算能力極高的電腦系統，就是常常看到、一整個倉庫的電腦。

而且因為運算越來越多，所以礦工都用上最大最強勁的電腦去達到最快的目的，因為需要強大的運算力量，交易的驗證也就需要很長的時間，正如當日在種植場就有其他人反對用答題速度來決定誰去視察。而之後賽琳提出用押注的方法去篩選，就是PoS的原理。

權益證明PoS有點像是押注，假設想當驗證人的用戶，各自押上自己擁有的某個加密貨幣，然後在每宗交易發生時，系統會選押上最多的當驗證人。然後那人在驗證交易後，也會得到加密貨幣作回報。所以得到驗證人的，不是因為「工作」去解開算式證明交易正確，而是因為他押上了自己的資產去證明那宗交易無誤。

「賽琳可以正確地舉出用押注方法選出的人，為什麼不會搞砸。」袁尚軒對石小儒說。

表面上PoS會做成「貧者越貧，富者越富」的問題。如果某人本來就有很多加密貨幣，那就會因為最有可能是押上最多的人，而增加被選上的機會嗎？那就有作弊的風險，因為那人很大機會被選上作驗證人，所以就可以確認偽造的交易，例如某甲付一萬元給某乙，但某甲根本沒有那麼多錢，某甲可以和驗證人串通，去確認這筆交易。但要確實執行，那人需要擁有過半數的貨幣，才可以肯定被選上當驗證人。而PoS的機制是，如果沒有好好當驗證人的話，押上的貨幣便會有一部分被沒收去補償鏈上參與者。當然，這是假設所有參與者是有正常合理思考，不會作出損人不利己的決定。

石小儒只是一邊看著影片，一邊微笑點頭。「我是有和她在視察會前通過電話，但我可不會未卜先知當時的情況啊。我只是說疫情可能令事情出現沒有預計到的狀況，叫她當平常處理超市的突發情況就好，總之不要讓自己和胡迪落入無路可退的境地。」

袁尚軒心裡苦笑，「未卜先知」——對，石小儒應該不會未卜先知，但是她好像總能預計到事情的走向，然後一早安排好對應。

「那其實是很簡單的推斷吧，賽琳只不過是逆向思考，為了達到她要的結果，也就是確保進去視察的四人不會搞砸，再倒過來想要用什麼方案去達到那個結果。呀，要用個花梢的名稱的話，就是博弈論什麼吶。怎麼了？你覺得賽琳沒那個能力嗎？」石小儒認真地說。「你知道嗎？賽琳就是不拘泥名稱、概念、理論那些東西，她知道她不懂，但就集中在實際的東西，她不會被掉書袋的人嚇唬到，不會被漂亮的說話誤導，這是她的優點。」石小儒還真的沒有理會袁尚軒。「現在要有那種能力還真不容易呢。我在想，要不要把她挖過來當我助手。」

袁尚軒低頭微微地笑，石小儒就是這樣，她討厭只把話說得漂亮的人，也只有她，從沒有把賽琳當成什麼也不懂的婦孺。雖然他會跟石小儒調情，但他更享受，跟她認真地討論事情，只有這樣，他才覺得自己像是和石小儒平起平坐的拍檔。

袁尚軒把手機收好時，順便瞄了一眼時間。「呀，已經很晚了！小儒妳真的還要開車回去Ｔ市嗎？」

本來石小儒正在穿大衣，她緩緩回過頭來看著袁尚軒，她的嘴唇半張半合，有點欲言又止。「也許……」她終於開口。「我應該在這裡過夜，明早再回去……好嗎？」

「啊、呃、嗯，對呀，明早再回去吧。」袁尚軒雙手插進褲袋站得筆直，他腦中想著的，是家中有沒有很亂？被單……有沒有很久沒有洗？

「那過夜的話……」石小儒輕聲說著，輕得像是在吐氣一樣。袁尚軒看在眼裡，覺得自己快要靈魂出竅了，他走近石小儒一步，想趁這樣的氣氛去牽她的手。

「過夜的話，幸好我訂了飯店。」石小儒突然退後一步，邊整理大衣邊吃吃地笑。

袁尚軒沒好氣地抿了嘴，把手插回褲袋裡。

——又被耍了。

袁尚軒在第二天再來到種植場，他約了那裡的主管。

在種植場採訪時，他留意到那溫室和建在旁邊的辦公室，都安裝了監視器。

因為就在公路旁，所以如果有車經過，那就一定會被監視器拍下來。

而那條貫穿南北的公路，不僅是通過 N 鎮的主要路線，也是唯一經過昆恩特斯數據中心的道路，種植場在數據中心的北面，從這裡到數據中心，這鄉下公路鮮會塞車，開車的話不用十五分鐘便可以到達，所以五點十六分拍了種植場照片的維拉迪，要在八點四十七分到達數據中心，時間上非常充裕。問題是，那天諾亞在五點時已在數據中心，五點十六分維拉迪還在種植場，並沒有看到其他人來。那維拉迪是幾點離開種植場的？

採訪視察會當天，袁尚軒問了在場的那女孩，她請示了在 T 市的主管，批准給袁尚軒看錄影。大概樂川需要本地媒體對認養計畫有正面的報導，而且只是拍著正門和前面公路的影片，給袁尚軒看也無所謂。為了不阻礙視察會，袁尚軒隔天才來看錄影。

「你算走運，因為以防政府突然要調查這調查那，我們一直保留了錄影。」種植場主管在雲端硬碟上搜尋著。「你是要看視察會那天的錄影是不是？我就知道那些年輕人會惹麻煩……」

「什麼？」袁尚軒沒料到主管會這麼說。「什麼年輕人？」

「咦？」主管感到驚訝。「你不是要看這個嗎？」他調出視察會那天早上的錄影。在快要到八點時，有幾輛車先後駛進種植場。一直到快到視察會的時間，其他車子才駛進來，包括袁尚軒和胡迪的車。

「這幾個年輕人吶，一早就來了，不像是來視察會的。」主管轉到拍著溫室門口那台監視器的錄影。袁尚軒記得，那時候要去視察會的人，在找女孩的麻煩，最後賽琳看不過眼走下車。現在看錄影，他才看到，凱拉他們是這個時候趁大家的注意力都在賽琳身上時，從溫室後面偷偷走出來混進人群中。

「所以他們不是來視察會的。」袁尚軒在自言自語。他想起因為人數限制的騷亂，後來也真沒有核對在場的人是不是參加了認養計畫的。

「這個男生呀……叫什麼來著，他是代課老師啦。現在這家公司買下這裡之前，政府曾利用這裡當小學教室，後來公司買下這裡後，他有來清理過教學用的東西。」

所以凱拉他們為什麼會在那裡？

「呀，對了，你要看哪天的錄影？」

「九月十四日。」

「誒？」主管的表情有點意外。「那天也有視察會耶。」

「那天也有？像昨天那樣的？」袁尚軒想，如果真的有視察會的話，那維拉迪有可能混進參加者當中，就像凱拉他們一樣。

「嗯，我也被留下來加班，回到家籃球賽已經開始了，所以我記得很清楚。

不過那時設備還沒有，只是空空的溫室，他們是來開會的。呀，這就是那天那些人來的影像。」主管指著電腦螢幕。

錄像的時間是下午三點五十分，陸續有幾輛車駛進種植場。雖然拍到車牌，但袁尚軒根本不需要查車牌，他已認出其中兩輛是祖利安和亞伯倫的座駕。另外一輛主管已說明是樂川區域經理的車。

「還有索妮亞，她已經很多年沒回來了，她還是那麼漂亮……」主管像是沉溺在回憶裡。「那時鎮上的小男孩好像都暗戀著她呢。」所以當時是祖利安、亞伯倫、索妮亞和樂川開會。

不過如此而已，監視器並沒有拍到其他車進入種植場。

「當時來開會的這幾輛車，除了來開會的人外，有沒有隨行的人？」

「唔……祖利安是有司機載過來的，其他的人都是開自己的車。」

「那他們開會的時候，祖利安的司機在車上嗎？」

「呀，不，我請他到我的辦公室等，雖然只是九月，但也不暖嘛。」

而諾亞竟然在外頭待了幾個鐘頭，袁尚軒想也覺得冷。不過那也表示，一直和主管在一起的司機不可能是維拉迪。

「種植場還有沒有其他監視器？」袁尚軒問。

「那時？沒有了。」主管說。「種植場開始營運後，溫室有安裝監視鏡頭，但九月的時候還沒有。」

那當時維拉迪在哪裡？

這台監視器對著公路，可以看到南行和北行十多米外，所以不論維拉迪是從南面還是北面進入種植場，監視器應該會拍到。即使維拉迪在監視器拍到的範圍外，便轉進種植場的話，那當時在場的人不可能沒有發現，而維拉迪也不可能徒步從哪裡走過來。

袁尚軒和種植場主管看了會議前六個鐘頭，和之後四個鐘頭的錄像。除了主管早上十點多出現，就沒有人來過。來開會的人全部大約五點三十分一起駛離種植場，而主管待他們所有人離開後、大約六點過一點才離開，之後一直到第二天早上主管來上班，都沒有其他人出入過。時間上亞伯倫離開種植場後，應該是直接去了數據中心，而維拉迪是五點十六分連上過平台，時間上應該是會議結束時。

當時維拉迪是在偷偷監視他們開會嗎？看到祖利安三人的維拉迪，因為什麼原因，把他們三人連繫到亞烈謝的畢業致詞。再決定利用它，來比擬報復？難道……認為幕後黑手真的是亞烈謝？過了二十多年，他隱藏身分回到N鎮，向祖利安他們報復？真的像推理小說中才出現的「童謠殺人」那樣嗎？雖然現在並沒有人死，但事件的確像是那畢業致詞一樣。

在袁尚軒仍在困惑當中，口袋裡的手機傳來聲響，那是來電的鈴聲，這已令他有點驚訝，畢竟現在已經很少人直接打電話給他了。袁尚軒不認得來電顯示的號碼，更甚的，那還是國際電話，不過那是他不認得的國家區碼。

本來以為準是詐騙電話，但幸好袁尚軒一時好奇，按下了通話鍵。「這是袁尚軒。」

「喂？請問是袁尚軒先生嗎？我是你早前在網上給我發訊息的，亞烈謝。嗯，亞烈謝．哥托夫。」

▌

「我很少查看社交媒體的訊息。這麼久才回覆你，抱歉。」亞烈謝有典型的俄羅斯口音，他的語氣聽來充滿歉意，但是袁尚軒對這有點保留。少看訊息肯定是鬼話，亞烈謝一定是查了一下袁尚軒，看到他真的是在Ｎ鎮的《導航員報》當記者，而且之前還是在全國發行的《紅葉郵報》，才決定回覆。

「你在訊息中說這是和我小學有關？」果然，袁尚軒的訊息也引起了他的興趣。

「對，在說明之前，如果你不介意的話，可以問你現在是在哪裡？從事什麼行業？」

「我在巴黎，現在是在一家數位行銷公司任職科技主管。呃，關於N鎮……」

「嗯，你有聽過N幣和CHOK嗎？」

「哈，當然有！不過……CHOK不是已經不流行了嗎？」

的確，自從開發延誤，融資遇到困難後，CHOK的確變成昆恩特斯的雞肋資產。

「你記得索妮亞嗎？還有祖利安和亞伯倫？聽說你們以前是好朋友。」

電話的另一端沒有作聲。

「索妮亞在昆恩特斯任職，亞伯倫的公司是昆恩特斯孵化器支持的新創，祖利安現在是N鎮市長。」袁尚軒再提供多些資料，看看能不能打開亞烈謝的話匣子。

「他們又走在一起，合作在N鎮推行加密貨幣N幣。」

「啊，真的啊？哇，原來是索妮亞，不過我不意外。那特雷爾呢？他繼承了超市了嗎？」

「嗯……算是吧。你們當時很熟嗎？」

「還好。他常常請我吃零食，不過後來我迷上了上網，索妮亞家有數據機連上網路，所以轉學前我都是和索妮亞他們一塊比較多。」

「呃，亞烈謝……我聽過一些傳聞，當年你曾經和索妮亞他們計畫離家出走吧？」

「啊！哈哈哈！是誰告訴你的？」出乎袁尚軒意料之外，亞烈謝直認不諱。

「不過被放鴿子了呢！祖利安他們那些大少爺大小姐，才不敢真的離家出走。我可是蠢得在雨中等了他們一整晚，還得了肺炎，差點上不了飛機。」接著傳來亞烈謝的哈哈大笑。

袁尚軒把耳朵再壓近手機一點，他有點不敢相信自己聽到的。從亞烈謝的語氣，他就像是在閒聊著年輕往事，沒有丁點怨氣，就是人長大了當笑話看一般。

「不過你好像對被放鴿子很不滿吧？我看過當年你的畢業致詞，就像是在公開控訴他們。」

「哈哈哈哈！那真丟人！」亞烈謝笑得更大聲了，但對那也完全沒有否認的意思。「對呀，那時我是真的很生氣，十四、五歲的少年人，都是傻蛋。可能因為我知道會搬走，才敢那樣做吧，如果我是會在Ｎ鎮升讀高中，應該就不會那樣寫了。哈哈，真懷念在Ｎ鎮的日子，雖然只有一年。」

「那時你知道只在Ｎ鎮待一年嗎？」

「不，那時我爸受聘於那附近的風力發電廠，不過他好像不大喜歡那裡，我知道他其實喜歡歐洲多些，所以當他知道法國的核電廠有空缺，便二話不說去申請，我們也在法國住下來了。」

「另外我想請問一下……你認識維拉迪嗎？」

「維拉迪？」

「嗯……全名是維拉迪米亞，不過我沒有姓。」

「你知道這是很普通的俄羅斯名字吧？」

「對不起，我明白，只是問我要問的事，誰知道呢？也許有奇蹟。」袁尚軒好像聽到亞烈謝在電話另一端冷笑了一聲，他也只能自嘲來回應。

「我需要多些資料來過濾是哪個維拉迪……」

袁尚軒告訴亞烈謝，就是從維拉迪那裡得到那篇畢業致詞的，不過他當然沒有說維拉迪是失蹤的記者。

「那就不可能是我認識的人了。」亞烈謝肯定地說。「我所認識的維拉迪們，都是來法國後才認識的，他們都不知道Ｎ鎮的事。老實說，如果不是你找到我，我也差點忘記畢業致詞的事了……對了，當年，那篇致詞……是不是引起了什麼騷動？呃……畢業典禮那天，其實我和父母已經搬家了，所以……我根本不知道後續，我也沒有給任何人留下聯絡方法。說真的，我那時氣在心上，不過真的沒想過那種致詞真會被用上，我提交的時候，以為定會被擋下來不刊出的……」

「啊，你不用擔心！」袁尚軒聽出亞烈謝開始覺得不安，這也很正常，小時候的一件小事，二十幾年後突然被大西洋另一端的記者詢問。「因為Ｎ幣這個項目，本來在不同城市發展的三人，又在Ｎ鎮重聚了，我覺得很有趣，所以在做專題，採訪當年N鎮各人的事，聽說要辦同學會呢……」他隨便說了個理由，希望能卸下亞烈謝的戒心。「採訪特雷爾時，他提起原來有這一段往事……大概後來從亞伯倫或是索妮亞那裡聽到離家出走的事，因為祖利安去T市升讀高中了。」

「原來如此，那維拉迪是當時N鎮小學的學生？可是我不記得有這樣的一個人……」

「不不不，只是一個碰巧有那篇致詞的人。」

他們再聊了一陣子，亞烈謝很健談，不過因為從事網路行銷，他在網路和社交媒體反而越來越低調。袁尚軒寄訊息給他的帳號，是大學時開通的，現在已很少用。他也問了很多關於N鎮的事，不過都只是學校老師近況之類，或是疫情時N鎮的情況等等，大部分袁尚軒也不清楚。掛線前他問亞烈謝拿近照，但他保證如果刊登任何和亞烈謝有關的東西的話，一定會徵求他的同意。袁尚軒打算之後對一下當年校刊裡亞烈謝的照片，學校裡應該有。不過他心裡已經有預感，亞烈謝這條線斷了。

聽起來真的沒有可疑，這樣袁尚軒更困惑了。他一直以為亞烈謝是帶著怨恨離開，長大後的亞烈謝，也許是偶然看到祖利安當上市長的新聞，也許是知道索妮亞在昆恩特斯事業成功，內心的恨意再度燃起，便處心積慮一個復仇大計，想著既然他們破壞了自己完美的離家出走計畫，他現在也要破壞他們的計畫，而且故意用當年的畢業致詞，為的是要他們記得自己那麼過分……

真的是自己想多了嗎？

「你以為這是阿嘉莎．克莉絲蒂的小說？會發生連續殺人事件嗎？像是《童謠兇殺案》？」

袁尚軒腦中映出石小儒說這句話時，那像是訕笑著的表情。

亞烈謝一點也不像會復仇。如果亞烈謝在N鎮這一連串事件中沒有參與，那為什麼維拉迪會提到那篇畢業致詞？

維拉迪，究竟是誰？

▌

第二天袁尚軒回到報館，還來不及坐下，便接到一顆震撼彈。

祖利安給《導航員報》發了新聞稿，關於市政府初步和發展N幣有關的合作方達成協議，並已通過內部審核，將會在三天後正式簽約進入UBI和N幣的第二階段，也就是全面在N鎮推行。新聞稿有關於簽約儀式的日期和地點，因為N鎮爆發新一波疫情，所以記者會現場不開放N鎮以外的媒體，但會在線上直播，而出席現場記者會的人都必須提交疫苗證書。

「N鎮將會和昆恩特斯和它旗下的AA科技簽訂長期合約，立基之前測試的數據，相信N幣將會成為本國地域性加密貨幣的指標。」

對袁尚軒是震撼彈，因為新聞稿沒有提和樂川的合約，而且簽訂長期合約的步伐明顯加快了。

「是因為阿軒幹的好事，才使他們要急著發新聞稿嗎？」班華看著新聞稿說。

「不然可能又拿到獨家訪問了。」

「嗯。」袁尚軒一臉沒趣地應著。他沒有告訴班華他偷了的合約，是AA科技和樂川的合約草稿，只是搪塞說和N幣有關的，所以他才會以為因此祖利安才加快公布，就像公布UBI那時候一樣。

「沒有提和樂川的協議呢。」特雷爾小聲跟袁尚軒說。那天晚上後，袁尚軒告訴特雷爾合約草稿的事。

「嗯。」袁尚軒有點不耐煩，只是發著悶氣，連看也沒看特雷爾一眼。特雷爾也識趣地收口。

有種被擺了一道的感覺，不過他已猜到了。

袁尚軒早前已經到消防局查詢過，當天市政府大樓火警是怎麼回事。得到的回覆是，根本沒有火警，只是警鐘誤鳴，也可能是有人按下火警警報。

「可以查到是誰做的嗎？」袁尚軒問。

「不可能啦，又沒有監視器。過去雖然也有小孩、或是不高興的政府派遣員工的惡作劇，沒有特別破壞的話也沒有人會追究。」消防局的職員告訴他。

即是說，根本就可能是祖利安按下警報的，為的就是引袁尚軒在情急之下拿走合約。想著想著，袁尚軒也覺得有蹊蹺，像是合約那樣雖然不算國防機密文件，但在有訪客的情況下，隨手放在桌面上也太隨便了吧——就像是故意引袁尚軒去翻似的。然後他真的去翻，又剛好找到給他找的那份回購合約，然後又剛好發生火警而沒有時間把合約看完，最後袁尚軒情急之下拿走合約。

在特殊情況下得到的素材，報館是會有既定程序，保障記者和報館，而當他還沒有時間做任何事時，祖利安就上門討回合約。在那之前，每一步都像是在祖利安掌握之中，除了不合情理的巧合外，就只有一個原因：祖利安一早就安排好了，在和袁尚軒約好採訪的日子，他在辦公室安裝了隱藏鏡頭，然後裝接電話留下袁尚軒單獨在那裡，實際上，他是在哪裡監視著袁尚軒的一舉一動，看到他在翻合約時，便按下火警警報，確定袁尚軒拿走合約後，祖利安便實行下一步，看起來像是賭博，但其實祖利安的每一步也是小心翼翼的，稍有不對勁，祖利安也能放棄並全身而退，來報館時，他在賭，結果他賭對了，袁尚軒沒有承認拿了合約，班華也以隱私為由不讓祖利安看袁尚軒的公事包。

N鎮市政府沒有公布AA科技協議回購欒川的N幣，《導航員報》也沒有通過程序確認合約是新聞素材，甚至沒有承認過取得合約，而且袁尚軒也把合約弄丟了。所以《導航員報》已經不可能在這個時候報導有關合約的事。於是，明明知道合約的存在，卻不能承認不能公開。所以，合約卻以另一種方式徹底「被消失」了。

不過問題是，雖然知道讓合約「消失」的手法，但是祖利安為什麼要做到這個地步？這合約有什麼問題，祖利安要冒這樣的險要它「消失」在公眾眼皮底下？的確，表面上看來不大好，畢竟ＡＡ科技只和樂川協議回購，並沒有公平地對待其他商戶，但是為什麼要那麼用力去隱瞞？

而且，這次祖利安大膽的手法，給袁尚軒某種違和感，但又有某種似曾相識的感覺。

「凱拉！妳怎麼來啦？」特雷爾的說話打斷了袁尚軒的思緒。「不是讓妳在家中休息的嗎？」

原來凱拉回來報館，雖然戴著口罩，但也看得出她的臉容有點憔悴。幸好這次感染的人都打了今年的疫苗，除了一名男生要住院外，其他人都只在家休息。

「呃，好多了，謝謝關心。」凱拉在特雷爾拉給她的椅子坐下來。「啊，我來之前做了快速檢測，結果是陰性，已經沒有病毒。」

「不要緊，又不是沒對應過。」以防萬一，特雷爾和袁尚軒都從儲物櫃拿了口罩戴上。「怎麼了？」

「其實……我不知怎樣說……」凱拉臉有難色。「不是說這一波疫情是源頭不明的社區傳播嗎？」

因為找不到確切源頭，估計是社區潛伏了無症狀帶菌者，傳給了當天在視察會的人，也就繼續傳開。

「其實……我想……源頭可能是我。」凱拉低下頭，快要哭的樣子。「去種植場的前一晚，其實我是去了T市和在那裡工作的朋友一起去看籃球賽，我們……之後又到過幾家酒吧，我是差不多快天亮才乘火車回來的，還差點忘了下車。」

在出現「種植場群組」前，T市已宣布有新一波疫情，但最近幾次都沒有傳到N鎮，因為各地大部分居民都很自律，有疫情的話都避免外遊。而原來凱拉到過T市，很可能她是在T市受感染，然後在第二天傳給文森特他們。

「對了，你們為什麼會到那裡的？你們沒有參加樂川的認養計畫吧？」

凱拉告訴袁尚軒關於「週末特別班」的事。「我們只是想賺點外快吧……」她用手機叫出了CHOK。「不是我們的錯嘛，既然有那個選項……」

袁尚軒搶了凱拉的手機，他把地點設定是在種植場，果然就有「週末特別班導師」那選項。亞伯倫說過，N幣的產出，是基於智能合約，所以凱拉他們在種植場選「週末特別班」的選項，條件成立就可以獲得Ｎ幣。

但既然種植場已賣給了樂川，為什麼仍有這個選項？

消失的契約？

咦？要消失的話，為什麼不是讓這智能合約消失，祖利安要那樣大費周章把ＡＡ科技和樂川的合約「弄消失」呢？要讓這選項「消失」不是更容易嗎？就像索妮亞調校ＣＨＯＫ內的時鐘一樣。

不對，因為祖利安他們並不知道。凱拉他們本來就是想利用這個漏洞鑽空子，要不是因為凱拉認為是自己把病毒從Ｔ市帶來，在種植場傳開去，所有人都以為凱拉他們是來視察會的。對祖利安來說，需要消失的契約，只是ＡＡ科技和樂川的回購合約，因為那導致樂川利用認養計畫賺Ｎ幣，引發Ｎ鎮新一輪疫情。

不過……祖利安他們不知道，那維拉迪呢？難道連維拉迪也不知道？

「怎麼辦啊？」凱拉已經雙眼通紅。

「那很難辦呢……」特雷爾的表情很為難。「原以為妳是在種植場感染的，但原來妳才是疫情的源頭，因果全倒過來哩……」

「什麼？」袁尚軒猛然抬起頭。「你剛才說什麼？」

「嗯？」特雷爾不明所以。「我說原本我們以為凱拉是在種植場感染，但原來她才是源頭。」

「你說因果倒過來。」

「啊，嗯。」

因果倒轉過來……

原以為是結果，其實是原因。

沒有再理會凱拉和特雷爾，袁尚軒趕緊拿起平板跑到會議室，他從手機叫出亞烈謝的畢業致詞，再在平板上寫上之前發生的事件。

首先是消失的金錢，然後是消失的訊息，最後是消失的契約。

他們最先知道的是N幣消失事件，然後是邀約短訊消失事件，現在是AA科技和樂川合約消失事件。

因為這個排列，袁尚軒先入為主地以為，維拉迪跟著這畢業致詞，「預告」亞伯倫、索妮亞和祖利安，犯下那三起事件。但是……

時序不對！

短訊消失事件，是發生在十月那個長週末，那個星期五晚上，鎮上的高中生在開大麻派對。而尼克發現N幣少了一元，是在那個週末的星期六！對！為了參加大麻派對，他們才會偷駕照去買大麻糖果。

所以，N幣被盜，是在索妮亞調校CHOK內的時鐘，令她冒名在CHOK的討論區給外甥的留言消失之後。

如果，這不是獨立事件呢？

如果Ｎ幣消失，是因為索妮亞調校ＣＨＯＫ內的時鐘，亞伯倫知道真相，但也只有啞巴吃黃蓮背下這只黑鍋。

而這，也關係到那不得不消失的合約。而那份合約，就是所有事件的源頭！

「不了解本質，只盲目跟隨潮流。」

袁尚軒想起石小儒的說話，她是不是早早知道真相，並一直在給自己暗示？

原來這就是背後的原因！

真正的亞烈謝，二十年後的今天對索妮亞他們根本一點怨恨也沒有；而在種植場的監示器，也沒有拍到有可能是維拉迪的車子。

所以，維拉迪只能是那個人！

▌

凌晨兩點，袁尚軒終於完成報導的稿子，他滿意地伸一伸懶腰。這時手機突然響起，是在Ｔ市的哥哥。

「哥？沒事吧？這個時間打來。」袁尚軒有點擔心，住在Ｔ市時，他跟哥哥平均一個月見面一次，都是回老家的時候，而平日多是在通訊軟體聯絡。哥哥突然打電話來，讓他有點不安。

「啊，原來這麼晚了。對不起，我沒注意時間，才剛下班回到家。對了，石小儒前陣子傳訊息給我，說她在Ｎ鎮出差時碰到你。」

「嗯，我被調到《導航員報》嘛，你忘了嗎？」袁尚軒看了一眼筆電螢幕上那篇完成的稿，聽到哥哥提到石小儒，他有點心虛。「不過很快，我有信心很快我便會調回《紅葉郵報》的。所以我不會在這裡待很久的。她跟你說了什麼？」雖然覺得石小儒當然不會說什麼，但他還是在意。

「沒什麼，就是稱讚你的客套話，你才不要當真。喂，她到Ｎ鎮做什麼？」

「嗯？」

「石小儒呀，她去Ｎ鎮幹什麼？」袁尚軒聽得出哥哥的聲音有點不耐煩，他總是這樣，不喜歡別人多問。「你以為她是誰？她會去跟進的，一定不是一般小事。」

袁尚軒本來想告訴他，但他猶豫了一下：「哥，唔……她來看《導航員報》的營運，《導航員報》不是《紅葉郵報》的子公司嗎？她工作的馬利摩金融是《紅葉郵報》的股東。」

手機另一端的哥哥沉默不語，袁尚軒知道他在思考。

「我知道你覺得我是笨蛋，雖然她是你哥我的同學，但是你不要小看她，她這個人不簡單，總之她一定是在做什麼，如果你涉及其中的話，小心一點。」

掛線後，袁尚軒再讀一次寫好的稿子，一邊思考哥哥的話。他的手在鍵盤的「刪除」鍵上，雖然一直摸著但沒有按下去。

清晨六點，袁尚軒盯著顯示著空白檔案的螢幕，他看了一眼，距離Ｎ市跟昆恩特斯和ＡＡ科技簽約，還有五個小時。

Chapter 5 維拉迪

祖利安包下一家新開的咖啡店，作為簽約記者會的會場，準是看中裡面時尚的裝潢，大片落地玻璃窗令店內充滿明亮的自然光，俐落的木製桌椅一整個北歐風。工作人員特地把椅子像是隨性地圍繞著一張小桌子。在店鋪的角落，架好了攝影機和電腦，一名工作人員在準備等一下記者會的網上直播。因為T市和N鎮也有疫情爆發，N鎮雖然沒有封城，但政府表明記者會不開放給外地記者，所以現場只有《導航員報》的派員——特雷爾。

袁尚軒還沒來。

「嗯，祖利安已經來了，但還不見阿軒。」特雷爾在和班華通電話，聲音有點不安。「打過他的手機，但沒有接。」

沒多久後記者會便開始，祖利安坐在小桌子旁，而亞伯倫和索妮亞就坐在小桌子的另一邊。一如以往，祖利安蹺著腿，一副悠然的模樣。他說了個簡短的開場白，接著是索妮亞扼要地講解區塊鏈和加密貨幣、昆恩特斯如何支持這方面的發展、願景等等，最後是亞伯倫匯報了UBI和N幣的測試結果。

「所以，測試結果十分成功，我們將會把UBI計畫擴大到所有N鎮的居民。」祖利安邀索妮亞和亞伯倫過來小桌子旁，本來在角落的秘書像是排練過般走過去遞上幾份文件，看來應該是合約。手中拿著筆的三人一字排開，讓在場的公關人員拍照。

因為場內只有自己一名記者，特雷爾也做做樣子地拍了些照片，心裡則坐立不安乾著急，想著為什麼袁尚軒還沒來。在他還在著急時，咖啡店門口傳來一陣騷動。

「不能簽！」像是電影一樣，袁尚軒突然衝進咖啡店。「請取消簽約！」

「阿軒？」特雷爾被突然闖進來的袁尚軒嚇得有點措手不及。

「不好意思，市長。打斷了你的簽約儀式，」袁尚軒本想走到祖利安身邊，但很快便給旁邊的公關人員阻止。「唏，我可是記者！」

「但是你現在是在搗亂！」其他工作人員也跑過來包圍袁尚軒。

「喂！你們想幹嘛？保持社交距離啊！」袁尚軒想掙脫他們。「現在 N 鎮有疫情爆發的！」

「哈！你說得可好聽。」亞伯倫指著袁尚軒。「你進來時，有出示疫苗證書嗎？」

「呃、我……」袁尚軒摸摸身上的口袋。「呃……我把手機忘了在車上……」

因為那一刻的放鬆，工作人員很容易便把袁尚軒趕出了咖啡店。不過他們沒有繼續簽約，公關人員一早已腰斬了網上直播。索妮亞和工作人員講了幾句，便離開了咖啡店。

特雷爾跟著索妮亞走出咖啡店，不過她很快便跳上了助手開過來的車子。特雷爾來不及跟上去。

他會那樣在意索妮亞，因為剛才袁尚軒被工作人員阻止他接近祖利安時，混亂中，特雷爾看到他把什麼塞進旁邊的索妮亞手中。

▌

報館內靜得有點嚇人。

袁尚軒坐在辦公桌前，特雷爾拉了椅子坐在他旁邊，班華則坐在一張空置的辦公桌上。班華讓凱拉繼續在家休息，星期一才回來，這正合袁尚軒的心意，他可以想像凱拉知道真相時的那種吵鬧。

「袁尚軒，你在搞什麼？」班華沒好氣地說。「我沒有其他地方可以送走你吶。」

「班華，對不起，」袁尚軒抓抓頭。「那是逼不得已的，我想不到有什麼方法去阻止他們簽約。」他把一張紙遞給班華。

「這是……？」班華托一托眼鏡，看了特雷爾一眼。「什麼『小雪人』？」

「我簡單為班華說一下吧。二十多年前，N鎮來了一位轉學生亞烈謝。他後來和祖利安、索妮亞和亞伯倫發生了點誤會，就在小學畢業時，以第一名成為學生代表的亞烈謝，在畢業致詞中，寫了這麼一段。」

「錢消失了，訊息消失了，契約消失了，這不是和……？」班華像是想起什麼。

「對，你也想到了吧？沒錯，這篇畢業致詞說的，就和N幣推行後，鎮上發生的一連串事件，有著微妙的相似之處：尼克他們發現N幣離奇地少了一元；邀約希去公路下面碰面的訊息消失了，連亞伯倫也找不著；最後，就是祖利安辦公室內的合約不見了——呃，雖然那是我偷的，但是後來不知怎的，那合約從我的公事包消失了。」

「所以，事件是跟著畢業致詞發生的？」班華問。「真的就像推理小說中的比擬殺人一樣？」

袁尚軒點點頭。「嗯，而在背後操作的，是維拉迪。」

「維拉迪?!」班華差點從椅子上掉下來。

「對，就是失蹤了的自由記者維拉迪。他利用那畢業致詞，比擬那些事件。」

「不過……」特雷爾說。「你之前不是已經查到那些案件背後的真相嗎？消失的N幣其實是亞伯倫在背後搞鬼，索妮亞把CHOK的時鐘調快再冒名發留言，祖利安用計令樂川的合約從公眾的眼皮底下消失了……」

「在解釋那個之前，」袁尚軒稍微彎了身向著特雷爾。「我想跟你們確認一下，你們都沒有見過維拉迪本人不是嗎？」

「嗯，我入股《導航員報》時，就知道這位自由記者，他都是用email和那平台把新聞資料給我們的，所以我們都沒有和他見過面。」

「自從他失聯後，你有他的消息嗎？」

班華沒有說話。

「我們先從維拉迪的身分開始吧。」袁尚軒在筆電打開維拉迪用作通訊的平台。「我找人幫我調查過，維拉迪最後在平台發留言，是九月十四日下午八點多在……」他叫出手機的地圖照片，上面有個星號。「這裡。」

「昆恩特斯的舊數據中心。」特雷爾脫口而出。「而那天也是諾亞到那裡塗鴉的日子。」

「對，」袁尚軒接著說。「而且從時間點來說，在維拉迪連上平台時，就是諾亞『守』在數據中心外面的時間，不過之前，他在五點多時在樂川的種植場連上平台，所以我們認為，一定是有密道，從外面通到數據中心。」

「『我們』？」班華看了特雷爾一眼。

「啊，我有幫阿軒一點忙。」

「那天下午，祖利安、亞伯倫、索妮亞和樂川的區域經理在還沒營運的種植場開會，我本來以為，維拉迪是為了偷聽他們的會議才出現在那裡。」

「本來？」

「嗯，五點多到從數據中心連線的八點多，諾亞一直都在外面；而我調查過數據中心的監視器，不論南北方向，都沒有發現維拉迪的車。那維拉迪是如何進入數據中心的？不過，這其實不是什麼密室之謎。因為，能做到這種結果的，只有一種可能性，就是在兩個時間都在場的人——維拉迪，就是亞伯倫。」

「亞伯倫?!」特雷爾猛地站起來。「亞伯倫是維拉迪？不可能吧。」

「為什麼不可能？物理上來說，只有那樣才說得通。在兩次連結的時間之間，都找不到其他人進入的蹤影，那唯一的可能性，就是維拉迪是亞伯倫了。」

「雖然話是這麼說，可是維拉迪好幾年前就已經是我們的自由調查記者了。而且，那時亞伯倫還在T市。」

「你們兩人都沒有見過維拉迪本人吧？為什麼他不現身？就是因為他是熟人啊！這些年來，他一定是為了某種目的，利用維拉迪這個假身分，裝成是自由記者。如果維拉迪是亞伯倫，那他知道亞烈謝的畢業致詞就不奇怪了。」

「等等，假設維拉迪真的是亞伯倫，那他為什麼要貼上那則畢業致詞啊。而且，他又是如何令事情跟著那篇致詞走，就如比擬殺人一樣？」

「因為他不需要啊。」

「好的，我明白了。」特雷爾嘆著氣攤了攤手。「第一宗『消失的金錢』，他就是幕後黑手，所以很好辦。但是第二宗『消失的訊息』，他是怎麼讓索妮亞主動調校時間去刪除訊息，又如何在第三宗事件『消失的契約』中，控制祖利安偷走你公事包裡的合約？」

「要解開這個謎，首先要了解這三件事背後的連繫。」袁尚軒故意賣關子停了一停。「看似配合著致詞描述的獨立事件，其實是有關聯的。只是……順序是倒過來的。

先不說『消失的契約』，但如果你仔細想一下，『消失的訊息』發生在十月長週末的禮拜五，而尼克發現N幣不見了，是星期六。」

「那也只是一天罷了。」

「不，N幣的消失，是在訊息消失的同一天——正確來說，訊息消失，也是N幣消失的原因！

索妮亞冒名留言給約希，約他到公路底下假裝襲擊他，阻止他參加大麻派對，為了掩飾，她利用昆恩特斯高層身分之便，在留言前把CHOK內的時間調快，這樣系統誤以為訊息是五年後發的，搜尋實際那兩天的紀錄當然沒有結果。問題是，當她把時間調快時，導致另一個後果——UBI測試計畫的參加者，電子錢包裡的N幣都少了一元。」

「N幣少了不是因為亞伯倫設計介面時的漏洞嗎？」

「那只是推測，因為最後我沒有刊出報導，亞伯倫也沒有機會否認。」

「等等，所以之前你推理有關『消失的金錢』的真相是錯的？」

「很遺憾，是的。」

「那如果他是維拉迪的話，為什麼要留下那畢業致詞，那簡直就像要我們去調查嘛。」

「那是他的『保險』——確保祖利安不會出賣他。這關係著UBI和N幣背後的秘密。」

「什麼意思？」

「因為，N幣根本不是建構在區塊鏈上的加密貨幣。」

「因為，N幣根本不是建構在區塊鏈上的加密貨幣。」袁尚軒說完便從抽屜拿出一份列印稿。「這是我寫的稿。一切的開始，是亞伯倫的AA科技向樂川回購N幣的合約，也就是『消失的契約』。」

「那是為了推廣N幣的手段，讓樂川更樂意接受N幣不是嗎？」

「如果是那樣的話，為什麼不是市政府、或是聯營公司回購？」看著特雷爾語塞，袁尚軒得意地繼續說。「換個方式說吧，如果說，隨著時間的流逝，一部分N幣會不見了，你會想到什麼？」

「積分卡。」班華笑著點點頭。「會員累積點數、飛行哩數之類。為了防止會員積存太多積分，現在很多計畫都有期限，限期前不兌的話積分就會過期不能用，也就消失了。」

「對，銀行發行那些可以儲飛行哩數的信用卡，其實就是先向營運公司買下大量的哩數，然後銀行根據你的信用卡消費發放哩數，當你用哩數去兌換機票或禮品時，營運公司就會以事前協議的價錢付款給航空公司等。例如銀行以一元一點跟營運買下點數，你用信用卡消費十元得一點。好不容易儲了一萬點，可以換一張長程來回機票，而航空公司和哩數營運公司協議，那機票是營運公司以五千元購入再轉給會員。所以當你用一萬點兌換那機票時，航空公司從營運賺了五千元，營運公司賣一萬點給銀行時收到一萬，付給航空公司五千，所以它賺了五千。」

「還有那些因為逾期無效的點數，營運就淨賺了。銀行以儲點數作賣點吸引消費者使用信用卡，只要計畫夠大參與的商戶夠多，吸引越多人參加，新增的點數多於兌換的點數，營運公司差不多是穩賺不賠。」班華翻著袁尚軒的稿，並冷笑了一聲。「哈，我通常用別的名稱來形容這類東西。」

「所以你說，當時尼克他們的N幣並不是消失了，而是因為系統時間被調到未來，有一元的N幣因為『逾期未兌』而消失了。」

「對，但亞伯倫很快便發現，並趕忙再發新的Ｎ幣給用戶。」袁尚軒說。「因為，整個Ｎ幣計畫，並不是什麼加密貨幣區塊鏈，它本質只是一個會員積分計畫。而亞伯倫的ＡＡ科技，就只是營運這會員點數的公司。祖利安利用ＵＢＩ和Ｎ幣，給亞伯倫進行利益輸送。他用稅款跟ＡＡ科技買Ｎ幣發給市民，ＡＡ科技再跟商戶買回Ｎ幣賺差價。

所以一切的源頭，就是ＡＡ科技分別和市政府和商戶的買賣Ｎ幣合約。因為Ｎ幣並不是建構在區塊鏈上的加密貨幣，所以並不存在區塊鏈的主要元素——去中心化，所以索妮亞可以改變時間；因為可以改變時間，所以造成了Ｎ幣逾期消失。」

袁尚軒邊說邊比劃著，手勢像是在比擬著一輛接一輛的火車。

「就像區塊鏈一樣，一段接一段，下一塊是立基於上一塊的。一個事件，正是導引下個事件的原因。」

「那為什麼那篇畢業致詞是亞伯倫的保險？你還沒有解釋亞伯倫是怎樣令事情照著走。」

「他不用。」袁尚軒說得很乾脆。「如我所說，那些事件的順序，是倒過來的。而亞伯倫不是照著畢業致詞令事件發生的，他是看到事情的發展，才把致詞貼出來。不要忘記，他比任何人都早知道，Ｎ幣並不真的是區塊鏈和加密貨幣。他把致詞貼出來，其實就是在買保險，提醒祖利安不要背叛他。」

「所以，他是用維拉迪自由記者的身分，讓自己隨時能把這秘密抖出來。」

特雷爾點點頭。「原來是這樣。」

「所以你去阻止他們簽長期合約。」

「是啊！當然不能讓亞伯倫這樣得益！怎樣？這篇調查性報導夠好了吧。你就準備排刊登，一定夠爆炸性。」袁尚軒笑著跟班華說。「啊——好累呢……我想我要放一下假。」

那天袁尚軒說要放假後，離開報館後就沒有再回去。

▌

袁尚軒比約定的時間早了十五分鐘到達石小儒的辦公室樓下，他看了一下大樓的樓層導覽，馬利摩金融只占十九樓的半層，看來並不是很大。

時間差不多的時候，他才乘電梯上去。

「你一定是袁先生了，請跟我來。」一踏進馬利摩的正門，還沒有報上名字，接待處的女職員便知道是他，他被帶到一個會議室。「小儒還在開電話會議，不過快開完了。麻煩你等一下，你有沒有什麼需要？咖啡、茶或水？」

「啊，水就可以了，謝謝。」

不一會，女職員拿了幾瓶瓶裝水放在會議桌的中間。

袁尚軒開了其中一瓶，邊喝邊看著落地玻璃窗外的風景。這裡雖然還算是市中心的範圍，但這裡並不是蓋滿摩天大樓的金融區心臟地帶，從這裡看出去，剛好看到不遠的高級住宅區和公園，不過因為現在是冬天，公園的樹都只剩下光禿禿的枝椏。

「夏天和秋天的風景會很漂亮。」石小儒不知何時站在袁尚軒身後。「秋天有紅葉，夏天那些樹像是一個個綠色的藻球。」

「所以叫馬利摩？」馬利摩在日文就是藻球的意思。

「名字是老闆起的。」石小儒笑著開了瓶水。

「我還以為妳會請我吃頓飯，」袁尚軒笑著坐下來。「來這裡見面太吝嗇了吧。」

「啊，沒有給你泡咖啡嗎？我們這裡的咖啡機和專業咖啡店用的是同一款。」石小儒指一指外面。「而且，我為什麼要請你吃飯？如果我沒記錯，你好像幾天前才大鬧祖利安的簽約記者會。」

袁尚軒笑了笑喝了口水。「妳知道的，我也只是大鬧了記者會、阻止了祖利安代表N市跟昆恩特斯和AA科技簽署長期協議，僅此而已。如我所料，《導航員報》也沒有刊登我給他們的報導。」

「呀，」石小儒也坐了下來。「我還以為你來是因為想我呢，我受傷了。」
「我是想妳啊。」袁尚軒盯著石小儒，為什麼他們之間總是這樣？
石小儒看著他，像是盤算著他是在和她調情還是認真。
「謝謝。」半晌後石小儒托著腮說。「告訴我，你來找我是為了什麼？」
「都說是來看妳，我還給妳帶了伴手禮呢。」
「你給我的伴手禮就是那個？就是沒有公開 N 幣不是區塊鏈加密貨幣而是會員積分？」
「當然不只那樣，妳不是那麼小看我吧？輪到我受傷了。」袁尚軒苦笑。「妳早就知道的，維拉迪，不可能是亞伯倫。」
「你果然記得。」石小儒看來有點滿意地笑著。「所以你給班華的都是胡謅的。」
「諾亞說過，那天亞伯倫進入數據中心後很快便走出來，邊講手機邊說『整個下午都把手機忘在了車上』，所以，他不可能是在樂川連上平台的維拉迪。維拉迪……是特雷爾。」
石小儒揚一揚眉毛，好像想說什麼。不過袁尚軒阻止了她。
「妳先讓我說完……維拉迪，是特雷爾，是班華，是亞伯倫，是祖利安。正確來說，維拉迪是他們每一個人，也不是一個人，維拉迪是系統，是 N 幣區塊鏈需要的公證人系統。而所謂失蹤的記者和什麼比擬犯罪，根本是一個系統測試。」

「維拉迪是系統，是N幣區塊鏈需要的公證人系統。而所謂失蹤的記者和什麼比擬犯罪，根本是一個系統測試。」

當阿軒這樣說時，我就知道我沒看錯人。看到他幾天前在記者會搗亂的影片，還有班華給我看阿軒寫的那錯漏百出的報導草稿，我就知道那根本不是他真正的推理。

「到《導航員報》那地區報紙研究營運，對妳來說太大材小用了，妳到N鎮其實就是監察維拉迪系統的測試，和負責跟政府和昆恩特斯的談判。七年前，馬利摩金融支持班華入主《導航員報》，加上特雷爾，其實是要開發結合人工智能和共識機制的公證系統。原意是利用在新聞報導上，擷取網上各種資訊，再以某種運算方法取得共識，目的是判斷新聞的中立性。而小鎮的地區報紙，就是最好的實驗場地。那些付給『維拉迪米亞有限公司』的顧問費，並不是付給自由記者的費用，而是給班華和特雷爾的程式開發費用。」

嗯，他已經猜到，維拉迪米亞有限公司是班華和特雷爾共同擁有的。

「利用《紅葉郵報》龐大的數據，維拉迪這個系統已經發展得相當成熟，正如特雷爾說的，它每個星期都把新聞線索建立排名，這陣子甚至提供給《紅葉郵報》。我猜，維拉迪1.0本來是那樣集合數據的人工智能系統，本來應用在處理新聞方面。而維拉迪這個系統，應該已經發展到2.0，也就是，利用權益證明ＰｏＳ原理對新聞或數據的中立性達成共識，所以，維拉迪2.0，是一個建立在區塊鏈上的公證人系統。而一開始參與的公證人，是不是就是『餡餅屑會』？因為有各地不同的人連上平台把數據輸入維拉迪，所以我調查的時候，查到很多不同的ＩＰ，我還以為是因為維拉迪用了ＶＰＮ去掩飾自己的位置，實情是，那根本就是位於不同的地方的使用者。

智能合約其中一個重要元素就是公證人，也就是區塊鏈和『現實世界』的連接，而現時這些公證人程式，都只能拿取客觀事實的資訊，例如美元兌換價，或是亞伯倫當時用的例子——降雨量等。不過智能合約利用公證人的問題是，它並沒有去中心化，而且容易受駭客攻擊。

但如果那個公證人，也是建構在區塊鏈上的話，不但更加安全，而且利用權益證明原理，更可以集合大數據達到共識，那能涵蓋的範圍就可以更廣。例如，貨幣產出的數量。現在加密貨幣的產出，是不能改變的數目，當『外面』世界對個別加密貨幣的需求增加時，產出數量不變的話，那加密貨幣的價值就會上升。在法定貨幣的世界，政府運用各種貨幣政策控制匯價，而維拉迪的目的，就是在去中心化的前提下，利用人工智能模擬貨幣政策。」

聽到這裡，我真的想跳過去給阿軒一個擁抱。太棒了！看來他真的徹底看穿了所有真相，但礙於我始終是他學姊，還是保持一點成熟的形象好些。所以我只是微微笑著，讓他繼續說下去。

「利用智能合約產出加密貨幣，簡單來說就是『如果……就……』的程式，例如：『如果擔任週末特別班導師助手，就可以獲得時薪八十Ｎ幣』，那公證人，例如利用ＣＨＯＫ，就只是確定那人在週末特別班，有人確定那人在當特別班導師助手。不過，如何決定時薪，如何決定Ｎ鎮還需不需要週末特別班，都不是能隨便改變的。所以凱拉的朋友文森特發現那個漏洞，明明種植場已經賣了不能再辦週末特別班，但Ｎ幣和ＣＨＯＫ仍有那個選項，因為負責人還沒來得及修改。所以我就知道，Ｎ幣的計畫，就是缺少了這種自行修改的功能。擁有大量數據的ＣＨＯＫ本來很有可能勝任那公證人的功能，但不幸地，現在的ＣＨＯＫ，只是有龐大數據的廣告板。

「不過如果維拉迪連上ＣＨＯＫ後，就可以利用那些更龐大的數據，和用戶的行動，取得共識從而不斷更新智能合約。例如透過Ｎ鎮居民的行動數據，得出『Ｎ鎮沒有週末特別班需求』的結論，那ＣＨＯＫ上就不會有『擔任週末特別班導師助手』的選項，也不會產出任何Ｎ幣。或是根據行動數據，決定Ｎ幣的產出量。例如某個行為太多人參與，產出的N幣便會減少。這樣，N幣的價值，就會完全在CHOK這生態系統內的運作決定。」

「由於維拉迪2.0是要用戶參與的PoS系統，所以當用戶連上系統作交易驗證時，就像『維拉迪』連上了系統。亞伯倫、祖利安和索妮亞，都是參與測試的相關人士。」

「但那也不能證明維拉迪是那樣的一個生態系統，為什麼不能像是你之前說的，只是亞伯倫利用維拉迪這個假身分？」

「因為亞伯倫不能是兩次連上平台的人。『維拉迪』下午五點十六分連上平台，但妳告訴我的，諾亞說那天亞伯倫進去數據中心後又折返車上拿回手機，更邊走邊說『一整個下午都把手機忘在了車上』，那表示，在五點十六分，從種植場連上平台的，並不是亞伯倫，而是別人，我猜那是祖利安。而亞伯倫在八點四十七分從數據中心連上了維拉迪，諾亞當時在外面，便給我們『維拉迪』在密室情況下進入數據中心的假像。」

「那為什麼N幣會演變成那樣的會員積分呢？」

「因為特雷爾跟祖利安和亞伯倫遲遲不能達成協議。」袁尚軒說。「因為樂川支持N幣，祖利安也樂見樂川來N鎮投資，例如那個種植場，不過樂川想擴展售賣的商品，甚至最終發展為超市加藥房的連鎖店，那關係到尼霍克市場的利益，在確定能把樂川排除在外前，特雷爾不肯以維拉迪作交易。而亞伯倫也先把UBI設計成會員積分那樣，再和樂川簽訂回購合約，從中獲利。

「而那份回購合約並不能給公眾知道的原因，並不是因為祖利安以為那間接引發疫情而想隱瞞，偷走合約的，並不是祖利安，而是特雷爾。因為如果公眾知道這份回購合約的存在，就會有給人想到N幣並不是建構在區塊鏈上的風險，那特雷爾就失去用維拉迪跟政府和昆恩特斯談判的籌碼。當天特雷爾知道我正要採訪祖利安，之後祖利安接到電話離開辦公室，接著火警鐘便響了，有那麼多巧合？事後我回想，雖然覺得是祖利安故意讓我拿走合約，但他的計算大膽得來卻其實隨時可以全身而退，那太不像祖利安了，這種行事方式，不是和某人很像嗎？

「我想特雷爾知道我在祖利安那裡後通知了那個人，然後那個人打電話給祖利安教他怎樣做，所以特雷爾也知道我偷了合約，後來從我的公事包偷走合約的，也是特雷爾，他就是利用去拿列印的時候，從我的公事包拿走合約的。不知道『那個人』對我的推理有什麼看法呢？」

「『那個人』覺得你沒有提出所有解答。那篇亞烈謝的畢業致詞呢？難道說那是維拉迪這個機器人，像條蟲一樣在網路亂爬般找出來的？」

「當然不是。」阿軒笑著，但他只托著太陽穴，但他沒有再說下去。

「嗯？」我對他做了個表情，示意他繼續說下去。

「小儒，妳還在裝？」他另一隻手在敲打桌面。「那是妳的意思吧？不，我不是說妳知道那篇畢業致詞。我是說，那不是維拉迪系統輸出的結果，相反，那是輸入系統裡的資訊。我回想了那時的情況，我在列印機上找到付給維拉迪米亞的特別顧問費的明細表，也因此你們才告訴我有關維拉迪的事。以報館來說，隨便把東西遺忘在那裡也太奇怪了，即使是業餘的特雷爾也不會犯那樣低級的錯誤。所以我認為，那是故意給我找到的。」

「不錯。」我笑著點點頭，這孩子太可愛了。「當時測試也完成得差不多了，本來正要進入談判階段，我到N鎮就是確保特雷爾的私心不會阻礙，不過因為你當時調查到那個程度，雖然還沒就使用維拉迪達成協議，但祖利安決定硬著頭皮提早推行UBI的測試，更給亞伯倫說服用那蹩腳的方法推行N幣，打算fake it until you make it。我看反正你那麼有興致去做調查，便問班華和特雷爾，不如再做一個測試……」

「讓我和維拉迪對決。」阿軒站起來。「妳以為這是什麼？深藍國際象棋比賽？妳故意讓我和維拉迪都去『調查』那些事件，而那篇畢業致詞，是你們故意放出來誤導我的。當然，維拉迪不是人，所以你們把畢業致詞，就如一般訊息一樣輸入系統中，看看維拉迪會不會得出和我相同的結論。然後，我就像個傻子般，以為那畢業致詞是維拉迪留下的訊息，還以為是什麼比擬復仇。」

「維拉迪2.0比我想像中還要成熟，我們讓你發現那篇致詞時，當然已經知道N幣並不是真的在區塊鏈上，因為我們就在談判當中呀。為了對你公平，在『消失的N幣』事件發生時，我們提供給系統的資訊，和你得到的是一樣的。」

「之後特雷爾說收到維拉迪的訊息——『非現金交易』，也是妳安排的吧？為了阻止我刊出那篇自以為是的報導。背後的意思，是要樂川盡量用N幣交易。」

聽著阿軒在解說，好像他就是我們一夥的，完全明白事情始末，根本不像只是推理的結果。的確，在輸入所有的資訊後，維拉迪運算後的結果，是要樂川把以現金交易的商品價提高，背後的原因，是它偵測到不尋常的交易，不過人工智能系統不是萬能，而且這次測試的是維拉迪作為公證人的功能，並不是要它當偵探，所以它的結果只會是用來控制N幣的價格。

「而在公投之後，我還在猶豫要不要刊出調查到的真相之際，我又看到維拉迪的訊息——『黑色星期五／逾期失效』，我以為那是指消失的訊息，但其實它指的是市民的N幣因為系統日期被改而失效。而黑色星期五，我還以為是什麼喻意，原來根本就是我們一般認知的意思。」

「對，我給你的只是一部分的結果。它完整的結果是確實指出N幣的消失是因為逾期而失效。因為加上『消失的N幣』事件時已輸入的資料，維拉迪自動把所有數據連繫起來作出運算。和你不同，它沒有著眼『消失的訊息』，它只會根據輸入的數據作出運算，得出是否對ＣＨＯＫ內的事物作出調整、怎樣調整的結論。因為得出的結果是Ｎ幣逾期而失效了，所以它提出的應對是每年做一個像是美國感恩節大減價的節目，讓Ｎ幣使用者有機會花了快過期的Ｎ幣。」

「我應該更早發現的，維拉迪那個平台，介面跟ＣＨＯＫ內蒐集使用者大數據的討論板很相似，在『消失的訊息』發生時，我們就看到，ＣＨＯＫ利用建在區塊鏈上的討論板，得到使用者對議題的討論的數據，那些顯示的欄目，是使用者的貼文，維拉迪那平台也一樣，是利用貼文提供給維拉迪的數據。而 email 發的訊息，才是運算結果。當時我明明看到了，卻沒有懷疑，為什麼只有那致詞是用欄目來顯示，而之後卻是用 email 傳遞訊息？我在祖利安辦公室看到的那些筆記，就是特雷爾給他的，讓他看到維拉迪的能力，加上樂川的合約，希望促使祖利安加快談判進度。」

阿軒從容地喝了口水，我想他應該差不多說完了。接下來，他還要說什麼？是要繼續訓話嗎？說他的大道理？

我已經習慣了。

我現在已懶得向別人解釋我為什麼要這樣做，不，我從來也不需要向任何人解釋。我不自覺地把手插進套裝外套的口袋，當摸到裡面那東西時，我突然感到好像有電流通過全身。

再等一下，看看他還要說什麼，再賭一下。
「妳為什麼不問我？」
「嗯？」
「妳不是應該問我，我告訴妳這些，目的是什麼？」
我愣了一下，沒想到他會這樣說。
「目的什麼的，那已經是過去式。哈，我比較喜歡看將來。」我笑著，這小子太可愛了，我真有點捨不得把視線從他的臉移開。「有沒有興趣來馬利摩工作？契約紅利可以商議。」
阿軒瞪著眼張開了嘴，有點不知所措。
「怎樣？」
「我還是喜歡當記者。」沒想到阿軒竟然吐出這樣的回應。「我的目的，只是想回《紅葉郵報》復職。」
「呵，所以你剛才的伴手禮，是要跟我談條件的？」我邊說邊點著頭，這小子，我早知道他做事有點不按牌理出牌，不過他竟然敢那樣直白說出要求。「我又不是《紅葉郵報》主管，怎能讓你回去啊？」
「我知道妳一定有妳的辦法的。」
「那你剛才說的什麼伴手禮，其實是威脅嗎？所以如果我不把你弄回《紅葉郵報》，你便打算把真相公開？」

「沒有啦，妳這樣看我，我很受傷耶。」阿軒撥了一下頭髮。「如果錯過了這次回《紅葉郵報》的機會，那我就等下一次的機會喇，反正我對自己的實力有信心。不過，我覺得既然妳費心弄了這樣巧妙的測試，而我又解開了所有的真相，不告訴妳就好像太沒趣了。」

他說什麼？

「你是說，你覺得這些很有趣？」

「呃……」阿軒動搖了。「我想……妳總會有用得著一名記者朋友的時候吧。」

吶……還差一點點，剛剛那一刻他動搖了，如果他能堅定一點就更好，畢竟還只是小鬼。不過沒關係，我可以等。

我把口袋裡的東西放在檯面，輕輕推到阿軒面前——那是我的名片，名片有點縐，像是被人捏過的樣子。「那天你把這個給索妮亞，幹得不錯。」

阿軒當然知道，單單是那樣魯莽闖進記者會，是不可能阻止他們簽約，本來我已經準備好打電話給索妮亞的助手，沒想到阿軒竟然用這種戲劇性的方法。阿軒也看穿關鍵人是索妮亞，所以他當時把我的名片塞給索妮亞，就是給她提示要聯絡我。她一走，協議就簽不成。他後來給特雷爾和班華的「推理」，是在試探《導航員報》會不會刊登那篇報導，來確定他真正的推理是否正確，結果，班華把那壓了下來。所以他才能把這送給我當伴手禮，讓我把他送回《紅葉郵報》。

「那時我只想到，索妮亞應該是最關鍵的人。」阿軒把玩著名片。「每個人都有私心，特雷爾要保護家族生意，班華要開發他的系統，祖利安要贏得政治資本維持權力，亞伯倫想賺更多的好處，索妮亞要在昆恩特斯開創未完的理想……各有私心不能互信的人，要怎樣才能同一陣線？當時我就覺得，索妮亞和妳聯合才會達到最大利益。馬利摩是維拉迪米亞有限公司其中一名投資者不是嗎？妳究竟在打什麼算盤？」

「馬利摩的創辦人，是我的高中同學。」沒想到我竟然會跟別人說。「七年前，她就有發展維拉迪的眼光，後來她把我從 A&B 挖過來，我們都沒有想太多，不過顯然，現在我們手上有一件很有趣的資產。」

阿軒沒有說什麼，他只是微笑低著頭。「果然很有趣。」他說。

「你的腳好了沒？」我站起來準備離開會議室。「明早陪我晨跑，可以嗎？地點我稍後傳給你。」

如果我沒有讓阿軒的哥哥知道我到過 N 鎮，他是否也能想到全部真相呢？還是只跟著我們拋出來的麵包屑，作出錯誤的推理，然後徹底輸給維拉迪？

終於又遇上有趣的事了——看著阿軒裝酷離開的身影，我這樣想著。

「你是說，你覺得這些很有趣？」

石小儒這樣一問，袁尚軒動搖了，他在想，只是為了單純覺得有趣，會不會被當成無聊的小鬼？

不過當最後她邀自己一起晨跑時，他的心快要跳出來了，一直到石小儒離開會議室，他不斷壓抑著想高呼的衝動。

離開馬利摩辦公室，在等電梯時，袁尚軒蹬了一下之前扭到的腳。已經完全不痛了，跑步應該沒問題。他看過石小儒跑步，自信應該能跟得上她。

不過……

「不要小看她。」哥哥煩人的聲音在腦中迴旋著。

袁尚軒還是決定去買一雙好一點的跑鞋……

【完】

後記

我大學唸會計，畢業後在會計事務所待了超過十年，常常聽到人說會計沉悶、刻板，又賺不了大錢，但是我學到的，是能看穿交易真象的能力。高中的會計課，就會教分辨銷售和借貸，大學教租賃和資產的分別、價值的定義和根源……學懂了基本，在日新月異的金融產品和條款中，就不會被所謂「金融菁英」的「大智高言」、實質只是虛張聲勢的空話唬嚇到，我也常常對此樂在其中。

難怪我喜歡本格推理，以解謎為中心的推理小說，本質上就是要撥開一切誤導的手段來看穿真象，而我更享受詭計的設計和破解的手法。但經過超過一百年的發展，本格推理在今天不幸地常被誤解為老舊、沒有社會性、不能流行的小眾趣味。作為從「島田莊司推理小說獎」出身的作家，加上本來就是本格推理迷，一直以來，心底深處總是有種冀盼，要探索本格推理的可能性。

閣下手中的《逆向童謠》，正是當年贏得「島田獎」首獎作品《逆向誘拐》的續作。當年參加比賽，我利用自身的知識，設計了一個利用現代金融原理為核心詭計、沒有殺人案的推理小說。在構思續作時，當然也會希望延續結合現代科技和本格推理這方向。而當時身邊人人在談論的，就是Bitcoin和區塊鏈。

和寫《逆向誘拐》時完全相反，這次是先有題材，再去學習這方面的知識，再去想可以怎樣利用在詭計當中。二〇一九年在台灣幸運地認識了LikeCoin的發起人高重建，感謝他為我這麻瓜解答不少問題，之後每隔一陣子我就會寄email打擾他，有時會問技術上的問題，或是分享一些相關事件的看法。那時全球已是在疫情當中，我已經在家工作一年了。

有一次，當我們聊到平方投票和《激進市場》這本書時，我突然感受到的衝擊，不是這些走在最前端的理論，而是當我在學習、在討論這些未來的展望、儼如在糖果店流連忘返的小孩時，占據著我友儕思緒的，是怎樣一邊在家工作、一邊協助年幼小孩網上學習；我那當高中教師的鄰居，說不少資源不佳的學生已經乾脆放棄……

另一方面，在這個新時代當中，我們看到不少新常態、新名詞，亮麗的空話也越來越多。一堆新潮前衛形容詞、但卻沒能明白形容的產品不斷湧現，像我有點年紀、經歷過只要在公司名字加個「.com」股價就水漲船高的科網熱、金融海嘯前那些名稱和風險不符「穩賺不賠」的投資產品，看著現在這科技發展從來沒有這麼快，也永不會這麼慢的時代，心裡納悶著究竟有多少人，會因此落入知識的不平等，而失去了能看穿真象的能力？

島田老師說本格推理是一種「裝置」，我希望《逆向童謠》也能成為那樣的一個裝置，不是直白地利用事件讓讀者看到社會議題，而是每一宗事件，每一道線索，背後的議題，甚至那些漂亮華麗、旨在誤導的空話，都是這個裝置的零件，閱讀本書的您，就像拿著這些零件，組合著這個裝置。您可能看完石小儒解釋什麼是區塊鏈後，在閱讀到中段時覺得有點不對勁，然後最後知道全盤真象後，不論您說「原來真的是我懷疑的那樣！」或是「為什麼我沒有想到？」的話——

下一次再遇到這種情況，不論是現實還是閱讀，您就知道，您不會再被唬嚇到了。

——這，就是這個裝置最後、也是重要的零件。

國家圖書館出版品預行編目資料

逆向童謠／文善著.
-- 初版.-- 臺北市：皇冠文化. 2022.06
面；公分（皇冠叢書；第 5028 種）
（JOY；231）

ISBN 978-957-33-3891-8（平裝）

863.57　　111006692

皇冠叢書第 5028 種
JOY 231

逆向童謠

作　　者—文善
發 行 人—平雲
出版發行—皇冠文化出版有限公司
台北市敦化北路 120 巷 50 號
電話◎ 02-27168888
郵撥帳號◎ 15261516 號
皇冠出版社（香港）有限公司
香港銅鑼灣道 180 號百樂商業中心
19 字樓 1903 室
電話◎ 2529-1778　傳真◎ 2527-0904
總 編 輯—許婷婷
責任編輯—蔡維鋼
行銷企劃—許瑄文
美術設計—葉馥儀、李偉涵
著作完成日期— 2022 年 2 月
初版一刷日期— 2022 年 6 月

法律顧問—王惠光律師
有著作權 · 翻印必究
如有破損或裝訂錯誤，請寄回本社更換
讀者服務傳真專線◎ 02-27150507
電腦編號◎ 406231
ISBN ◎ 978-957-33-3891-8
Printed in Taiwan
本書定價◎新台幣 380 元／港幣 127 元

• 【謎人俱樂部】臉書粉絲團：www.facebook.com/mimibearclub
• 22號密室推理網站：www.crown.com.tw/no22
• 皇冠讀樂網：www.crown.com.tw
• 皇冠Facebook：www.facebook.com/crownbook
• 皇冠Instagram：www.instagram.com/crownbook1954
• 小王子的編輯夢：crownbook.pixnet.net/blog